夏目漱石「名作」ナビ

『吾輩は猫である』『草枕』『三四郎』『こころ』他

片山智行

目次

もくじ

はしがき

本書は、漱石（一八六七〜一九一六）の小説の魅力をわかりやすく紹介したものである。漱石の解説書は山ほど出版されているが、抽象的な議論や、伝記的事実の詳細、もしくは社会的背景等の説明が中心で、作品そのものに沿って、具体的に小説の内容を説明したものはあまりない。

したがって、本書では、個々の作品を十分に咀嚼《そしゃく》して、漱石文学の実り豊かな「名作」たちの、根底にある特徴、魅力を探った。

漱石文学は奥が深く、さまざまな方向から研究され続けている。今後とも研究は多様化し、深化していくであろう。筆者にしても、この機会に、『吾輩は猫である』『草枕』『こころ』など多くの作品において、新しい解釈を試みている。

「あとがき」においても、漱石文学の特色を概括し、その際、「則天去私」について、筆者の解釈を述べている。

ただし本書では、基本的には専門的研究の動向にとらわれず、一般読者のための案内書として、話の流れを追いながら、できるだけ明快に「名作」のキモを提示した。漱石文学への階段である。

漱石が執筆した主要な小説は、次の十三篇である。

『吾輩は猫である』（一九〇五年・明治三八年）満三十八歳
『坊っちゃん』（一九〇六年）
『草枕』（一九〇六年）
『坑夫』（一九〇八年）
『虞美人草』（一九〇七年・明治四〇年）満四十歳、朝日新聞社入社、早稲田南町に転居
『三四郎』（一九〇八年）
『それから』（一九〇九年）
『門』（一九一〇年）修善寺の大患
『彼岸過迄』（一九一二年・明治四五年・大正元年）満四十五歳
『行人』（一九一二年）
『こころ』（一九一四年）
『道草』（一九一五年）
『明暗』（一九一六年・大正五年）連載中に死去、享年五十歳

本書で選んだ八篇の「名作」は、漱石文学の魅力を十分に備えている。これを端緒として、漱石文学の、読めば読むほど深みのある、素晴らしい美味を味わう読者が増えるならば、望外の喜びである。

なお、超有名作の『坊っちゃん』は、内容がとても単純であり、他の長篇小説とは異質の中篇小説なので、割愛することも考慮した。しかし、やはり坊っちゃんファンは圧倒的に多く、結局、付録として残すことにした。

第一章　『吾輩は猫である』ナビ

一

『吾輩は猫である』は、一九〇五年（明治三八年）に高浜虚子の主宰する俳句雑誌『ホトトギス』に発表された。文章が軽妙で機智に富んでおり、思いのほか好評であった。一回のつもりが求められるままに十一回まで連載し、いまの形の長篇小説になった。

この小説は、もともと高浜虚子に勧められて書いたもので、第一章は虚子が漱石の諒解を得て添削している。そんなこともあって、第一章は他の章に比べて、冗長なところが少ない。そして、これはそれなりに完結しており、一篇の短篇小説として読むことが可能である。特に有名なのが、書き出しの部分である。

吾輩は猫である。名前はまだ無い。
どこで生れたか頓《とん》と見当がつかぬ。何でも薄暗いじめじめした所でニャーニャー泣いて居た事だけは記憶している。吾輩はここで始めて人間というものを見た。然《しか》もあとで聞くと、それは書生〔玄関番などをする青年〕という人間中で一番獰悪《どうあく》な種族であったそうだ。

なんと言っても、まず猫が「吾輩」と称しているのが、意表をついて面白い。偉そうに言っているくせに、「吾輩」は、まだ名前も付けてもらっていないのである。最初の一行から、この小説がユーモアと諧謔《かいぎゃく》〔気のきいた冗談〕に富んだものであることを予感させる。

「吾輩」がこの家に最初に這入《はい》り込んだとき、おさん〔下女〕に見つかるや否や、頸筋を摑まれて表に抛《ほう》り出された。おさんは書生よりもっと乱暴な種族である。しかし、ひもじさに堪えかねて、「吾輩」はまたしても台所に這っていき、また投げ出された。

そんなことを繰り返しているうちに、この家の主人が騒々しい、なにごとだ、と言って顔を出した。おさんが事態を説明すると、主人は黒い口髭を撚《ひね》りながら「吾輩」を見ていたが、やがてそんならうちに置いてやれ、と言って、そのまま奥へ行ってしまった。かくして「吾輩」はこの家を自分の住居とすることに決めたのである。

吾輩の主人は滅多に吾輩と顔を合せることがない。職業は教師だそうだ。学校から帰ると終日書斎に這入ったぎり殆《ほと》んど出て来る事がない。家のものは大変な勉強家だと思っている。当人も勉強家であるかの如《ごと》く見せている。然《しか》し実際はうちのものがいう様な勤勉家ではない。吾輩は時々忍び足に彼の書斎を覗《のぞ》いて見るが、彼はよく昼寝《ひるね》をしている事がある。時々読みかけてある本の上に涎《よだれ》をたらしている。彼は胃弱で皮膚の色が淡黄色を帯びて弾力のない不活発《ふかっぱつ》な徴候をあらわしている。その癖に大飯を食う。大飯を食った後でタカジヤスターゼ〈消化剤〉を飲む。飲んだ後で書物をひろげる。二三ページ読むと眠くなる。涎を本の上へ垂らす。これが彼の毎夜繰り返す日課である。

「吾輩」はさっそく、主人のあまり芳《かんば》しくない日常を報告している。主人のモデルは作者自身であるから、作者の自画像は、かなり自虐的なものと言うべきであろう。『吾輩は猫である』は、自虐を含め、諧謔的な要素が非常に強い作品なのである。

二

名前も付けてもらえないくらいだから、「吾輩」はこの家では珍重されていない。それで、「吾輩」は朝は飯櫃《めしびつ》の上、夜は炬燵《こたつ》の上、天気のよい昼は縁側《えんがわ》へ寝ることにした。いちばんいいのは、ここの子どもの寝床にもぐり込んで寝ることであるが、子どもは五つと三つ〈もう一人いる」で、運悪く彼らのうちの一人でも目を覚ましたら最後、大変なことになる。猫が来た、猫が来た、と言って、夜中でも大声を出す。

するると、例の「神経胃弱性」の主人が目を覚まし、次の部屋から出てきて、「吾輩」の尻を物指《ものさし》でひどく叩《たた》くのである。

「吾輩」は人間と同居して、彼らを観察すればするほど、彼らはわがままなものだ、と断言せざるを得ないようになった。

殊《こと》に「吾輩」がときどき同衾《どうきん》〔同じふとんに寝る〕する子どもの如きに至っては、言語道断である。自分の勝手をするときは、人を逆さにしたり、頭に袋をかぶせたりする。しかも「吾輩」のほうがすこしでも手出しをしようものなら、家内総掛かりで追い回して迫害を加える。このあいだも、ちょっと畳で爪《つめ》を磨《と》いだら、細君が非常に怒って、それから容易に座敷に入れない。

ここの主人は、これといって人に勝《すぐ》れたところもないのであるが、なんにでも手を出したがる。俳句、新体詩、ときによると弓に凝《こ》ったり、謡《うたい》を習ったりするが、気の毒なことには、どれもこれも物になっておらん。

あるとき、この主人がなにを思ったのか、水彩絵具と毛筆と画用紙を買ってきた。謡や俳句をやめて、絵をかく決心と見える。それからあと、毎日々々、書斎で昼寝もしないで絵ばかりかいている。妙な絵ばかりである。

　主人の友人の美学者がやってきたとき、金縁の眼鏡越しに主人を見て、次のように諭《さと》した。室内の想像で書いても、ろくなものはかけない、昔イタリアの大家アンドレア・デル・サルト〔フィレンツェ派の画家〕が次のように言っている。「画をかくなら何でも自然そのものを写せ。天に星辰《せいしん》あり。地に露華《ろか》〔きれいな露〕あり。飛ぶに禽《とり》あり。走るに獣《けもの》あり。池に金魚あり。枯木《こぼく》に寒鴉《かんあ》あり。自然はこれ一幅の大活画なり」と。

　これは美学者の翻訳した言葉であるが、作者の漢詩文の素養を感じさせる、なかなか格調の高い雅文になっている。

　主人はこの言葉にいたく感心して、これ以後、縁側に寝ている「吾輩」を写生しはじめた。薄目をあけて見てみると、主人は熱心にかいている。しかし、どう見ても、詰まらぬ絵としか見えない。「吾輩」はさっきから小便を催《もよお》している。

「吾輩」は大きな欠伸《あくび》をして、のそのそと這《は》い出した。すると、主人は失望と怒りを掻《か》き混ぜたような声を出して、「この馬鹿野郎」と怒鳴った。この主人は人を罵《ののし》るときは、必ず馬鹿野郎と言うのが癖である。

三

やがて「吾輩」は家の外に出はじめる。家の裏には十坪ばかりの茶園があるので、よくそこに行って、浩然の気を養った。

あるとき、そこに行ってみると、大きな猫が鼾《いびき》をかいて長々と身体を横たえて眠っている。彼は純粋な黒猫で、猫の中の大王と言うべきほどの偉大なる体格を有している。「吾輩」の倍はたしかにある。「吾輩」が彼の前に立ったとき、彼は目を覚ました。

大王はくわっとその真丸の眼を開いた。今でも記憶している。その眼は人間の珍重する琥珀《こはく》というものよりも遙《はる》かに美しく輝いていた。彼は身動きもしない。双眸《そうぼう》の奥から射る如き光を吾輩の矮小《わいしょう》なる額の上にあつめて、御めえは一体何だと云った。大王にしては少々言葉が卑《いや》しいと思ったが、何しろその声の底に犬をも挫《ひ》しぐべき力が籠《こも》っているので、吾輩は少なからず恐れを抱《いだ》いた。

これが車屋〈人力車夫〉の黒との最初の出会いである。「大王はくわっとその真丸の眼を開いた」から始まる黒の描写は、作者の並みでない表現力をよく示している。

「吾輩」が黒に素性を聞かれて、ここの教師の家にいる猫だ、と答えると、黒は「おりゃ車屋の黒よ」と、昂然《こうぜん》と言った。車屋の黒はこの近辺で知らぬ者なき乱暴猫である。すこしばかり話してから、「吾輩」は、教師の家のほうが車屋より大きいな、と言ってやった。すると、「箆棒《べらぼう》め。うちなんかいくら大きくたって、腹の足しになるもんか」と、言い返された。鼠を捕る話になると、車屋の黒は、自分はもう三、四十匹は取ったろう、と得意げに言った。ついでに、いたちを追っ掛けた話もした。「ところが御めえ、いざってえ段になると、奴め、最後っ屁《ぺ》をこきやがった。臭《くせ》えの臭くねえのって、それからってえものは、いたちを見ると胸が悪くならあ」と、臭気をなお感ずる如く、前足を掲げて鼻の頭を二、三度撫で回した。

車屋の黒はその後跛《びっこ》になった。彼の光沢ある毛は漸々《だんだん》色が褪《さ》めて抜けてくる。吾輩が琥珀《こはく》よりも美《うつくし》いと評した彼の眼には、目脂《めやに》が一杯たまっている。殊《こと》に著るしく吾輩の注意を惹いたのは、彼の元気の消沈とその体格の悪くなった事である。吾輩が例の茶園で彼に逢った最後の日、どうだと云って尋ねたら、「いたちの最後屁《さいごっぺ》と肴屋《さかなや》の天秤棒《てんびんぼう》には懲々《こりごり》だ」といった。

さすがの車屋の黒も、いたちの最後っ屁には閉口したし、魚を咥《くわ》えたところを魚屋の親方に見つかって、天秤棒で殴られたことも、すごく応えたらしい。いまや尾羽打ち枯《おばうちか》らしているのである。

『吾輩は猫である』の第一章は、「吾輩」の家の、中学の教師〔いまの大学教授に劣らない〕をしている主人の紹介と、猫仲間の、車屋の黒の盛衰の様子が、主な内容と言える。

主人は毎日学校に行く。帰ると書斎へ立て籠もる。人が来ると、教師が厭だ、厭だ、と言う。このへんのところが主人の日常生活であるが、最後の、教師が厭だという部分は、作者の本音が洩《も》れている。「吾輩」をダシにして、作者は言いたいことを吐き出しているのである。

深刻な神経衰弱に陥っていた作者は、これからあとも自由気ままに続きの文章を書き、大いに鬱屈を発散させたようであった。

読み切りとして書いた『吾輩は猫である』の第一章は、一応、それなりの纏《まと》まりがあって、独立した短篇小説として読める。この部分だけで、十分短篇小説の体《てい》をなしているのである。

四

好評を得て、『吾輩は猫である』は連載されることになった。

第一章が発表されて以後、「吾輩」はかなり有名になった。それで、第二章は、猫ながらちょっと鼻が高く感ぜられる、と述べることから始まっている。

年賀状に「吾輩」の絵を描いているのがあり、また猫へよろしくというのもあった。主人はフンと言いながら、膝の上の「吾輩」を眺めたが、その目付きはいままでとは違って、多少尊敬の意を含んでいるようにも思われた。

寒月君が年始の挨拶に来た。彼は主人の昔の教え子で、いまは優秀な少壮物理学者である。すこししゃべったあと、ふたりは散歩に出た。「吾輩」はちょっと失敬して、寒月君の食べ残した蒲鉾《かまぼこ》を頂戴した。

新道の二絃琴のお師匠さんのところの三毛子《みけこ》は、この近辺で有名な美貌《びぼう》家である。「吾輩」は彼女を訪問しようと、台所から裏に出た。

「吾輩」は猫には相違ないが、物の情けは一通り心得ている。うちで主人の苦い顔を見たり、おさんの険突《けんつく》〔荒々しい悪態〕を食って気分が勝れないときは、必ずこの異性の朋友《ほうゆう》の許《もと》を訪問して色々な話をする。

杉垣の隙《すき》から、居るかなと思って見渡すと、三毛子は正月だから首輪の新しいのをして行儀よく縁側《えんがわ》に座っている。

その背中の丸さ加減が言うに言われん程美しい。曲線の美を尽している。尻尾の曲がり加減、足の折り具合、物憂《ものう》げに耳をちょいちょい振る景色《けしき》なども到底形容ができん。ことによく日の当る所に暖かそうに、品よく控えているものだから、身体は静粛端正の態度を有するにも関らず、天鵞毛《ビロウド》を欺《あざむ》く程の滑らかな満身の毛は、春の光りを反射して風なきにむらむらと微動する如《ごと》くに思われる。

吾輩はしばらく恍惚《こうこつ》として眺めていたが、やがて我に帰ると同時に、低い声で「三毛子さん、三毛子さん」といいながら前足で招いた。三毛子は「あら先生」と縁《えん》を下りる。赤い首輪につけた鈴がちゃらちゃらと鳴る。

三毛子は「吾輩」の傍《そば》に来ると、「あら先生、おめでとう」と、尾を左へ振る。我ら猫属間でお互いに挨拶するときには、尾を棒の如く立てて、それを左へ回すのである。町内で「吾輩」を先生と呼んでくれるのは、この三毛子ばかりである。吾輩は前回断わった通りまだ名はないのであるが、教師の家《うち》にいるものだから、三毛子だけは尊敬して先生々々と言ってくれる。

お互いに新年の挨拶をして、しばらく経った頃、お師匠さんの二絃琴の音がぱったりとやんで、「三毛や、三毛や、ご飯だよ」と、三毛子を呼ぶ声がした。三毛子は嬉しそうに「あらお師匠さんが呼んでいらっしゃるから、私帰るわ。よくって?」

悪いとも言えない。三毛子は帰っていった。これだけのことでも、「吾輩」の淡い青春の一コマである。

「吾輩」が帰る途中、例の茶園で、元気を取り戻した車屋の黒に出会った。「おめでとう」と声を掛けると、黒は「おめでてえ？　正月がおめでたけりゃ、御めえなんざあ、年が年中おめでてえ方だろう。気をつけろい、このふいごの向こう面め」と、言った。

ふいごの向こう面《づら》は、罵詈《ばり》の言葉のようだが、意味はよくわからない。

黒に聞こうと思っているうちに、突然、「大変だ。またあの黒の畜生が取ったんだよ。いまに帰ってきたら、どうするか見ていやがれ」と、黒のうちの神さんの怒鳴り声が聞こえてきた。

黒は怒鳴るなら、怒鳴りたいだけ怒鳴っていろ、と言わぬばかりに横着な顔をして、四角な顎《あご》を前に突き出している。見ると、彼の足の下には、鮭《さけ》の切り身の骨が泥だらけになって転がっている。

「吾輩」が「またやったな」と言うと、黒は「しゃけの一切れや二切れがなんだ。憚《はばか》りながら車屋の黒だあ」と、腕まくりの代わりに、右の前足を肩のへんまで掻き上げた。陰《かげ》弁慶が啖呵《たんか》を切っている。やがて垣根を潜《くぐ》って、次の獲物を求めてどこかへ姿を隠した。この黒は、へらず口の名人であり、『吾輩は猫である』の中の名脇役である。

五

家へ帰ると、座敷の中がいつになく春めいて、主人の笑い声さえ陽気に聞こえる。はてなと主人の傍に寄ってみると、見馴れぬ客が来ている。寒月君の紹介でやってきた越智東風という者である。

話題は、金縁眼鏡の美学者迷亭《めいてい》が行ったいたずら事件のようであった。迷亭が西洋レストランに行って、なに食わぬ顔で「トチメンボー」を注文したが、相手は面子《メンツ》があってそんな料理は知らないとは言えず、大いに困惑したというものである。

これは、音《おん》がメンチボールと似ていることから、うろたえるという意味の、「とちめん棒を振る」の「とちめんぼう」と絡めて、冗談を言ったまでで、いささか落語的と言える。

細君のことをオタンチン・パレオロガス〔東ローマ帝国の皇帝コンスタンチン・パレオロガスのもじり〕と、悪口を言ってみたり、主人の氏名が珍野苦沙弥《ちんのくしゃみ》〔狆《ちん》のくしゃみ〕であったりするのも、同じ類《たぐい》の駄洒落《だじゃれ》である。

日が改まって、こんどは迷亭と寒月君がやってきて、迷亭の「首懸《くびか》けの松」の話になるのであるが、これもいささか落語的で、それほど興味深いものではない。

一方、「吾輩」のほうは三毛子に会いに行くが、どうも様子が変である。どうやら三毛子は病気で伏せっているらしい。お師匠さんと下女の会話を聞いていると、教師の家の野良猫が、三毛子をむやみに誘い出したのが原因だそうである。

「あいつのお蔭に相違ございません。きっと仇《かたき》を取ってやります」と、下女が言っている。飛んだ冤罪《えんざい》を蒙《こうむ》ったものだ。

後日、また行ってみると、チーンと音がして、南無阿弥陀仏《なむあみだぶつ》というお師匠さんの声がする。「吾輩」は急に動悸《どうき》がしてきた。

「三毛のような器量よしは早死にするし、不器量な野良猫は達者でいたずらをしているし」と、お師匠さん。「できるものなら、三毛の代わりに、……」

「あの教師のところの野良が死ぬと、お誂《あつら》え通りに参ったんでございますがねえ」

お誂え通りになっては、ちと困る。

それにしても、三毛子はあっけなく死んでしまったものである。せっかく猫界にマドンナが現れたのに、残念としか言いようがない。「吾輩」の仄《ほの》かなロマンスは、もはやこれまでである。

近頃は外出する元気もない。なんだか世間が懶《ものう》く感ぜられる。主人に劣らぬほどの無精《ぶしょう》猫となった。

六

三毛子は死ぬ。黒は相手にならず、いささか寂寞《せきばく》の感はあるが、幸い人間に知己《ちき》ができたので、さほど退屈とも思わぬ。「吾輩」もまた人間界の一人《いちにん》だと思う折さえあるくらいに、進化したのは頼もしい。

作者がこのように前置きしているだけあって、これ以後は、急激に人間界の話が多くなる。作者の蘊蓄《うんちく》が随時、さりげなく述べられていくのである。

例えば、寒月君が理学協会で講演〔演説〕するために、主人の家に来て練習をする。先に来た迷亭がやたらと余計な茶々を入れるものの、その内容は高度なものである。演題は「首縊《くく》りの力学」というもので、物理学である以上、当然ながら複雑な方程式が出てくるが、これは文系の人間には、とても付いていけない。

読者にとっては、寒月君のしゃべる余談のほうがよほど面白い。

寒月君は「罪人を絞罪《こうざい》の刑に処すると云う事は、主《おも》にアングロサクソン民族間に行われた方法でありまして」と、絞首刑の話を始める。

そして、次のように言う。「真に処刑として絞殺を用いましたのは、私の調べました結果によりますると、オジセー〔オデュッセイア〕の二十二巻目に出ております。即《すなわ》ちかのテレマカスがペネロピーの十二人の侍女を絞殺するという条《くだ》りで御座います。……」

　このあと、寒月君は、多角形に関する平均性理論によると、次のような十二の方程式ができると言って、十二の方程式を並べ出した。

「方程式はその位で沢山だろう」と、主人が乱暴なことを言う。

「実はこの式が講演の首脳なんですが」と、寒月君は仕方なしにしぶしぶ切り上げ、次に進んだ。


「それでは、英国に移って論じますと、ベオウルフ〈古代英語で書かれた叙事詩〉の中に絞首架《こうしゅか》即ちガルガと申す字が見えますから、絞罪の刑はこの時代から行われたものに違いないと思われます。ブラックストーン〈オックスフォード大学教授。法学者〉の説に依ると、若《も》し絞罪に処せられる罪人が、万一縄の具合で死に切れぬ時は、再度《ふたたび》同様の刑罰を受くべきものだとしてありますが、妙な事にはピヤース・プローマン〈中世英語の寓意詩〉の中には、仮令《たとい》兇漢でも二度絞める法はないと云う句があるのです。まあどっちが本当か知りませんが、悪くすると一度で死ねない事が往々実例にあるので。一七八六年に有名なフヒツ・ゼラルドと云う悪漢を絞めた事がありました。ところが妙なはずみで一度目には台から飛び降りるときに縄が切れてしまったのです。又やり直すと、今度は縄が長過ぎて足が地面へ着いたので、やはり死ねなかったのです。とうとう三返目に見物人が手伝って往生させたと云う話しです」

「やれやれ」と、迷亭はこんな所へくると急に元気が出る。

「本当に死に損ないだな」と、主人まで浮かれ出す。

講演の続きはまだまだ長くあって、寒月君は首縊りの生理作用にまで論及するはずであったが、迷亭が無暗に差し出口を挟むのと、主人がときどき遠慮なく欠伸《あくび》をするので、途中でやめて帰ってしまった。

この寒月君の講演から推定すると、作者の学識はずば抜けている。ギリシャの長篇叙事詩オデュッセイアはもちろん、古代英語、中世英語で書かれた叙事詩なども読んでいて、作者の勉強振りは並みではない。それを寒月君の口を通して述べているので、ペダンティック〔衒学的《げんがくてき》〕の厭味を読者に感じさせないのである。

漱石は、『吾輩は猫である』を書いているときは、自分の神経衰弱のことを忘れて夢中になり、筆に任せて蘊蓄を傾けていたそうである。お蔭で、感情の爆発する厄介な神経衰弱は、かなり好転したようであった。

七

その後、いつものように迷亭が遊びにやってきた。折から格子戸のベルが飛び上がるほど鳴って、「ご免なさい」と、鋭い女の声がする。

「吾輩」が主人のうちに女客とは稀有《けう》だな、と見ていると、かの鋭い声の所有主が、縮緬《ちりめん》の二枚重ねを畳へ擦り付けながら這入ってくる。年は四十の上をすこし超したくらいだ。眼が直線に吊し上げられて、左右に対立する。直線とは鯨の小さな眼より細いという形容である。

鼻だけは無暗に大きい。人の鼻を盗んできて、顔の真ん中へ据え付けたように見える。「吾輩」は、この偉大なる鼻に敬意を表するため、以後はこの女を称して鼻子鼻子と呼ぶつもりである。

「ちと伺いたいことがあって、参ったんですが」と、鼻子は座敷に通されると、話の口火を切った。

「はあ」と、主人が極めて冷淡に受ける。

これではならぬと、鼻子は、自分は向こう横町の角屋敷《かどやしき》の者だと自己紹介した。しかし、倉のある西洋屋敷に住んでいる金持ちでも、主人はいっこうに恐縮しない。鼻子はさらに自分の夫はいくつもの会社の重役をしているなどと言って、金持ち風を吹かせるが、主人はいっこうに動じない。

鼻子の肝腎の用件は、水島寒月という人物の問い合わせであった。寒月君が鼻子の娘の婿候補になっているようなのである。鼻子は、寒月君がいつ博士になるかを知りたいようであった。

主人も迷亭も、博士をありがたがる俗世間の価値観なんか、なんとも思っていない。迷亭は話を茶化すし、主人も気のない返事をするばかりで、鼻子の息巻いた質問は、難儀なことに、ピント外《はず》れの答えしか返ってこない。

鼻子が帰っていったあと、主人と迷亭がさんざん鼻子の大きな鼻を笑い物にした。さすがに主人の細君は「顔の讒訴《ざんそ》などをなさるのは、あまりに下等ですわ」と、ふたりをたしなめている。容貌の悪口は品がないが、作者の筆はときおり滑るのである。

「吾輩」が金田家の屋敷に忍び込むと、台所では車屋の神さんまで加わって、あの教師は変人だとか、奥様の鼻が大き過ぎると言っていたとか、自分の面《つら》あ今戸焼《いまどやき》の狸《たぬき》みたようなくせにとか、さんざん主人の悪口を言っているのが聞こえてきた。

こんなことで、「吾輩」の主人は、長屋の熊さん、八っつぁん的な連中に嫌がらせを喰らわせられる羽目に陥る。彼らが垣根の外から、わいわいと悪口を浴びせ掛けてくるのは、金田家の差し金である。

主人への嫌がらせは、落雲館中学の生徒によっても行われた。野球の打球が垣根を越えて転がってきて、それを拾いにくるのである。黙って他人の庭に入ってくるな、と叱り付けると、こんどはいちいち玄関から入ってきて、断りを言う。面倒で仕方がない。学校の責任者に善処するよう頼んでも、いっこうに埒《らち》があかない。主人が何度注意しても、性懲《しょうこ》りもなく球は転がってくる。

山羊髯《ひげ》を生やした珍客がふらりとやってきた。「吾輩」が哲学者と名付けたこの八木独仙は、主人の旧友である。主人はさっそく、野球の打球が垣根を越えて庭に入ってくる窮状を訴えた。独仙は言う。「ナポレオンでも、アレキサンダーでも、勝って満足したものは一人もいないんだよ。いくら自分がえらくても、世の中は到底意の如くなるものではない。加茂川を逆さに流すことはできない。ただできるものは自分の心だけだからね。心さえ自由にする修業をしたら、落雲館の生徒がいくら騒いでも、平気なものではないか」

独仙は無為自然《むいしぜん》の東洋哲学を滔々《とうとう》としゃべって、留《とど》まるところがない。主人はわかったとも、わからないとも言わずに聞いている。珍客が帰ったあと、書斎に入って、書物も読まずになにか考えていた。

八

「吾輩」の観察記録はまだ続く。この家の朝食の様子は次のようなものである。

食卓を前にしている主人の三方には、さっき雑巾で顔を洗った坊ば〔三女の愛称〕と、お茶の味噌〔お茶の水〕の学校へ行くとん子〔長女〕と、白粉《おしろい》瓶に指を突っ込んだすん子〔次女〕が、すでに勢揃いして朝飯を食べている。

　坊ばは当年とって三歳であるから、細君が気を利《き》かして、食事のときには、三歳然たる小形の箸《はし》と茶碗をあてがうのだが、坊ばは決して承知しない。必ず姉の茶碗を奪い、姉の箸を引ったくって、持ちあつかい悪《にく》い奴を無理に持ちあつかっている。世の中を見渡すと無能無才の小人《しょうじん》〔詰まらぬ人物。君子《くんし》の反対〕程、いやにのさばり出て、柄にもない官職に登りたがるものだが、あの性質は全くこの坊ば時代から萌芽《ほうが》しているのである。

作者は、幼い子どもが手に負えない勝手な行動に出るのを、非常に細かく描写している。これはまだまだ続くのであるが、ここで注目すべきは、無能無才の小人《しょうじん》が柄にもなく官職に登りたがる風潮を、この際に指弾していることである。作者の筆は抜け目がない。

また元に戻って、子どもたちの様子を見ると、次のようである。

　坊ばが一大活躍を試みて箸を刎《は》ね上げた時は、丁度とん子が飯をよそい了《おわ》った時である。

さすがに姉は姉だけで、坊ばの顔の如何にも乱暴なのを見かねて、「あら坊ばちゃん、大変よ、顔が御《ご》ぜん〔ご飯〕粒だらけよ」と云いながら、早速坊ばの顔の掃除にとりかかる。第一に鼻のあたまに寄寓《きぐう》していたのを取払う。取払って捨てると思《おも》いの外、すぐ自分の口のなかへ入れてしまったのには驚いた。

それから頬っぺたにかかる。ここには大分群をなして、数にしたら、両方を合せて約二十粒もあったろう。姉は丹念に一粒ずつ取っては食い、取っては食い、とうとう妹の顔中にある奴を一つ残らず食ってしまった。

このあとも大変である。すん子が、勢いよく味噌汁の中の熱い薩摩芋《さつまいも》を口に入れたものだから、ワッと言って食卓の上に吐き出した。すると、坊ばは薩摩芋が大好きだから、さっそく箸を抛《ほう》り出して、手攫《てづか》みにしてむしゃくしゃ食ってしまった。

こんなときにも、さっきからこの様子を見ていた主人は、ひと言も言わず、もっぱら自分の飯を食い、自分の汁を飲んでいた。主人は娘の教育には絶対的放任主義を執《と》るつもりと見える。働きのないことだ。

しかし、いまの世の中は、嘘をついて人を釣る人間、先に回って馬の目玉を抜く人間、虚勢を張って人を脅《おど》す人間、鎌をかけて人を陥れる人間、こんなのばかりが幅を利かしている。

作者はここですかさず、当時の俗衆の拝金主義的エゴイズムに言及している。

そんなのに比べると、うちの主人は遙かに上等だ。意気地のないところが上等なのである。無能なところが上等なのである。猪口才《ちょこざい》〔小才で生意気〕でないところが上等なのである。

「吾輩」はこれでも、主人の弱点の積極的意義を見て取っているのである。

九

こう暑くては、猫といえども遣《や》り切れない。皮を脱いで、肉を脱いで、骨だけで涼みたいものだ、とイギリスのシドニー・スミスとかいう人が言ったという。死なずに骨だけになれれば、すごく涼しいのだろうが、そうもいかんのが恨めしい。

これはいかにも漱石好みのユーモアである。「吾輩」としても、たとい骨だけにならなくてもいいから、せめてこの淡灰色の斑《ふ》入りの毛衣《けごろも》だけは、ちょっと洗い張り〔着物を解いて洗い、板に張って干す〕でもするか、質にでも入れたいところである。

主人の家には、例によって迷亭が遊びにやってきた。寒月君もやってくる。雑談に花が咲いて、一段落着いたとき、「寒月君、博士論文はもう脱稿するのかね」と、主人が訊ねた。迷亭がすぐに「金田令嬢もお待ちかねだ」と、話に乗ってくる。

寒月君は例の如く薄気味の悪い笑みを洩らして、「問題が問題なので、よほど努力しないと、……」と言う。「君の論文の問題はなんと言ったっけな」と主人。「蛙の眼球《めだま》の電動作用に対する紫外光線の影響というのです」と寒月君は答える。そして、毎日ガラス玉を磨く必要があると言う。

主人がそんな玉磨きをいつまでやるのか、と聞くと、寒月君は「この様子じゃ十年くらいかかりそうです」と答えた。

「それじゃ、容易に博士になれないじゃないか」と、主人は心配する。が、寒月君は落ち着いたものである。

ちなみに、寒月君のモデルと目されている寺田寅彦は、のちに東京帝大の教授になっており、また、学士院恩賜賞を受賞している。漱石の五高時代以来の弟子であるが、専門の物理学の方面でも、非常に偉い学者なのである。

主人の周りでは、珍談や小事件等、庶民の生活がさまざまに展開する。社会風俗的に興味深いものも少なくない。

主人の家には、いろいろな人間がやってきて、好き放題《ほうだい》のことをしゃべる。美学者の迷亭が最たる者であるが、彼に劣らず一家言《いっかげん》を持っているのは、山羊髯《ひげ》を生やした哲学者の八木独仙である。隙《すき》があると、「吾輩」まで自分の蘊蓄《うんちく》を開陳する。

詩人の越智東風も来る。このほかにも、次々と客が来る。もちろん、寒月君もよくやってくる。

十

座談はときに盛り上がって、議論が白熱する。今回は個性〈自我〉が話題になった。この当時の日本社会は、やっと封建の世から抜け出たばかりで、しっかりした「個人主義」はまだ定着していなかった。

迷亭が自分の「未来記」のことを褒められると、悦に入って長広舌《ちょうこうぜつ》を振るう。

「………一家を主人が代表し、一郡を代官が代表し、一国を領主が代表した時分には、代表者以外の人間には人格はまるでなかった。あっても認められなかった。それががらりと変ると、あらゆる生存者が悉く《ことごと》個性を主張し出して、だれを見ても君は君、僕は僕だよ、と云わぬばかりの風《ふう》をする様になる。ふたりの人が途中で逢《あ》えば、うぬ〈きさま〉が人間なら、おれも人間だぞ、と心の中《うち》で喧嘩《けんか》を買いながら行き違う。それだけ個人が強くなった。………」

これで見ると、当時の個性〔自我〕の議論は、まだまだ非常に幼稚で粗野な段階にあったと言える。

人々は明治維新によって、大幅に長年の封建思想から解放されたのであるが、迷亭の「未来記」では、個性はまず剥《む》き出しのエゴの形で現れることになっている。真の個人主義が成立する以前の、未熟な自我である、

迷亭は調子に乗って、女性の自立について、冗談みたいにひどい予測を言った。

「………賢夫人になればなる程、個性は凄《すご》い程発達する。発達すればする程、夫と合わなくなる。合わなければ自然の勢《いきおい》夫と衝突する。だから賢妻と名がつく以上は、朝から晩まで夫と衝突している。まことに結構な事だが、賢妻を迎えれば迎える程、双方共《とも》苦しみの程度が増してくる。………ここに於《おい》て夫婦雑居〔同居〕は御互の損だと云う事が次第に人間に分ってくる。………」

迷亭の調子に乗り過ぎた弁舌が一段落すると、主人は、書斎から取り出した古い本を手にして、迷亭の応援に乗り出した。本はタマス・ナッシという十六世紀の作家が書いた著作である。

主人はまず「妻を持って、女はいいものだなどと思うと、飛んだ間違いになる。参考のためだから、おれが面白い物を読んで聞かせる」と言い、それから声を出して読みはじめた。

「アリストートル〈アリストテレス。古代ギリシアの哲学者〉曰《いわ》く、女はどうせ碌《ろく》でなしなれば、………」

「ピサゴラス〈ピタゴラス。古代ギリシアの哲学者〉曰く、天下に三の恐るべきものあり、曰く火、曰く水、曰く女」

「ソクラチス〈ソクラテス。古代ギリシアの哲学者〉は、婦女子を御《ぎょ》するは人間の最大難事と云えり。………」

「セネカ〈古代ローマの哲学者〉は、婦女と無学を以《もっ》て世界に於《おけ》る二大厄《やく》とし、………」

主人は次々と先哲の女についての悪口を並べ立てていった。寒月君が「もうたくさんです」と音《ね》を上げても、主人はいっこうに止《や》める気配はない。

漱石自身にしてみると、日頃の鏡子夫人に対する鬱憤を晴らす好機なので、この際先哲の言葉を借りて、女の悪口をたっぷりしゃべりたいのである。

「もう奥方のお帰りの刻限だろう」と迷亭が気にして言うと、「ウフフフフ」と主人は笑いながら、「構うものか」と言った。

「奥さん、今のを聞いていたんですか」と、襖越《ふすま》しに迷亭が訊ねる。

「存じません」と、細君は遠くで簡単な返事をした。

これまで語られたことは、なんでもない論議のようであるが、その実、二つの重大なテーマが示されている。

一つは、個性〔自我〕の「未来」についての危惧《きぐ》である。

いま一つは、ジェンダー〔歴史的、社会的に形成された男女の差異〕の「未来」についての危惧である。

この二つのテーマは、ユーモア小説らしく、諧謔《かいぎゃく》に富んだ形で軽妙に提言されているが、その実、漱石文学の総主題の萌芽であることを、見落としてはならないであろう。

十一

主人は夕飯を済ませて、書斎に入る。細君は襦袢《じゅばん》の襟をかき合わせて、洗い晒《ざら》しの不断着を縫う。子どもは枕を並べて寝る。下女は湯に行った。

寒月君は玉磨きをやめて、郷里の家で用意された娘と正式に結婚した。金田家の鼻子夫人の娘のほうは、実業界で活躍している主人の教え子の多々良三平君と結婚する。これも順当なところであろう。

主人は早晩胃病で死ぬ。秋の木の葉はたいがい落ち尽くした。死ぬのが万物の定めで、生きていてもあんまり役に立たないなら、早く死ぬのが賢いかもしれぬ。

「吾輩」は気がくさくさしてきた。三平君が持ってきた、婚約挨拶のビールの飲み残しを飲んで、ちと景気を付けてやろうと思った。

ようやくビールを飲み干したとき、序《ついで》に盆の上にこぼれたのも拭《ぬぐ》うがごとく腹内に収めた。陶然《とうぜん》とはこんなことを言うのだろうと思いながら、そこかしこと散歩した。「吾輩」が我に帰ったときは、なんと、大きな甕《かめ》〔天水用みずがめ〕の中であった。ガリガリと甕に爪を立てても、手掛かりがない。こうなってはどうにもならない。……

次第に楽になってくる。苦しいのだか、ありがたいのだか見当がつかない。「吾輩」は死ぬ。死んで不可思議の太平を得る。太平は死ななければ得られぬ。南無阿弥陀仏《なむあみだぶつ》、南無阿弥陀仏。難有《ありがた》い、難有い。

これで「吾輩」は成仏《じょうぶつ》したのであるが、『吾輩は猫である』については、もうすこし説明が必要であろう。

十二

本書の「はしがき」では、話の流れを追いながら、「名作」のキモを提示すると述べたが、皮肉なことに、この作品には話の流れがないのである。筆者はいささか困惑せざるを得ない。『吾輩は猫である』は長篇小説と見なされているようであるが、どの章もどの章も、無茶苦茶に長広舌が多い。膨大な分量のこの小説には、話の一貫性がないのである。

第一章と第二章では、「吾輩」の生活そのものが、主人の苦沙弥《くしゃみ》先生や、車屋の黒や三毛子との絡《から》みにおいて、当事者として描き出されている。

しかし、第三章以下になると、「吾輩」は観察者となって、人間世界の背後に控えてしまっている。作者の筆が勢いに乗って走り出すと、恐ろしいほどの学識、知見に裏打ちされた、高度な内容の話が縦横無尽に展開し、「吾輩」はどこかに置いていかれてしまうのである。

したがって、『吾輩は猫である』に話の筋を求めるのは、ほとんど意味がない。漱石自身が「頭も尻尾もない小説」と言っているくらいである。

辛《かろ》うじて、寒月君と金田令嬢との結婚話、それに、隣接した中学から野球の球が主人の家の庭に転がり込んできて起こるトラブル、この二つの事柄の経緯くらいが、読者の眼を惹《ひ》く筋らしい筋である。

第三章以下では、苦沙弥先生をはじめ、「吾輩」が知己を得たという連中の言動が重要になる。車屋の黒と三毛子が登場しなくなると、「吾輩」に親しく絡む役者が不足して、なにか物足りないが、該博《がいはく》な学識を持つ知識人たちの自由気ままな談論は、低俗ではなく、近代の夜明けを感じさせる。

当時は、こんな高級雑談を好んだ読者も少なくなかったのか、『吾輩は猫である』は延々と続き、十一章でやっと幕を閉じる。

この家に集まった連中は、中国の「竹林《ちくりん》の七賢」〈晋代の、時の政権に背を向けて、竹やぶで自由に生きた七人のエリート隠者〉ほど桁外《けたはず》れではないが、日露戦争の戦勝で舞い上がっている俗世間に背を向けた、紛《まご》う方《かた》なき「太平の逸民《いつみん》」なのである。このことも『吾輩は猫である』の隠れた意義と言うことができるであろう。

第二章　『草枕』ナビ

一

『草枕』は、一九〇六年（明治三九年）に雑誌『新小説』に発表された。『吾輩は猫である』『坊っちゃん』のすぐあとに執筆された小説である。

作者はこの頃、これらの作品以外にも驚くほど多くの小説類を発表しており、創作意欲は旺盛であった。『草枕』はそれらの中で、俳味のある「非人情」の小説として傑出している。『草枕』の書き出しの文句は、非常に有名であり、知っている人も多いであろう。

山路《やまみち》を登りながら、こう考えた。

智《ち》に働けば角《かど》が立つ。情《じょう》に棹《さお》させば流される。意地を通せば窮屈だ。兎角《とかく》に人の世は住みにくい。

住みにくさが高《こう》じると、安い所へ引き越したくなる。どこへ越しても住みにくいと悟った時、詩が生まれて、画《え》が出来る。

この小説の主人公で話し手でもある三十歳の画工は、絵画のみならず、古今東西の詩にも通じており、すこぶる饒舌《じょうぜつ》である。衒学《げんがく》的と思えるほど、絵画や詩などの蘊蓄《うんちく》を傾けるのであるが、それはそれで、味わいのある一種の作風となっている。理屈っぽいところもありながら、読者を俗界から仙境へと導くのである。

画工があれこれと考えているうちに、足は山奥に入る。急に足の下で雲雀《ひばり》の声が聞こえてくる。谷を見下ろしても、どこで鳴いているか影も形も見えない。ただ声だけが明らかに聞こえてくる。せっせと忙《せわ》しく、絶え間なく鳴いている。

こうした道中においても、画工の思考は続いている。この小説の最初の部分は、ほとんどが画工である余《よ》〔わたし〕の感懐《かんかい》である。

恋はうつくしかろ、孝もうつくしかろ、忠君愛国も結構だろう。然し自身がその局に当れば利害の旋風《つむじ》に捲《ま》き込まれて、うつくしき事にも、結構な事にも、目は眩《くら》んでしまう。従ってどこに詩があるか自身には解《げ》しかねる。

これがわかる為めには、わかるだけの余裕のある第三者の地位に立たねばならぬ。三者の地位に立てばこそ芝居は観て面白い。小説も見て面白い。芝居を見て面白い人も、小説を読んで面白い人も、自己の利害は棚に上げている。見たり読んだりする間だけは詩人である。

画工はただひとり、絵具箱と三脚几《さんきゃくき》を担いで山道を歩く。それは「非人情の天地を逍遥《しょうよう》したい」からである。

ここで、非人情の意味について検討しておく必要があろう。

作者の言う非人情は、もちろん、非情とか、不人情とかとは、意味が違う。作者がめざしている非人情〔人情にとらわれない〕とは、世間を超然と遠き上から見物する高踏《こうとう》的な境地を意味しているのであり、どちらかと言えば、芸術至上主義に近い。

人間である以上、いつまでも雲雀と菜の花の山中にいるわけにはいかない。山を越えて落ち着く先の、今宵の宿は、那古井《なこい》の温泉場〔熊本の小天《おあま》温泉〕である。

したがって、余は「これから遭う人間には超然と遠き上から見物する気で、人情の電気が無暗《むやみ》に双方で起らない様にする」と、心に決めた。

やがて空が怪しくなってきた。煮え切らない雲が、いつの間にか崩れ出して、しとしとと春の雨が降り出した。帽子を傾けて、すたすた歩く。

茫々《ぼうぼう》とした薄墨色の世界を、幾条の銀箭《ぎんせん》〔矢〕が斜めに走る。その中をひたすら濡れて行く自分を、自分でない人の姿と思えば、詩にもなる、句にも咏《よ》まれる。有体《ありてい》の自分を忘れ尽して純客観《じゅんかっかん》に見るとき、はじめて自分は画中の人物として、自然の景物と美しき調和を保つ。

こんなことを考えているうちにも、雨に降られてずぶ濡れになり、やっと古びた茶屋にたどり着いた。

二

茶屋には人影がない。声を掛けても返事がない。それで、無断で入って床几《しょうぎ》の上に腰を下ろした。

鶏が羽ばたきをして、臼《うす》から飛び下りて、こんどは畳の上に上がった。そのうち、奥のほうから足音がして、やっと婆さんが出てきた。余はその顔が気に入った。いい顔をしている。老女にもこんな優しい表情があり得るものかと思った。

眼前の天狗岩と婆さんを見ているうち、考えた。腰をのして、手を翳《かざ》して、遠く向こうを指《ゆびさ》している袖無し姿の婆さんは、春の山路の景物として格好なものだ。

この婆さんが、じゃらんじゃらんと馬の鈴を鳴らしてやってきた馬子《まご》と、いつものように世間話をする。話題は那古井の宿の出戻りお嬢さんに移った。

御婆さんが云う。「源さん、わたしゃ、お嫁入りのときの姿が、まだ眼前《めさき》に散らついている。裾《すそ》模様の振袖《ふりそで》に、高島田で、馬に乗って……」

「そうさ、船ではなかった。馬であった。矢張り此所《ここ》で休んで行ったな、御叔母《おば》さん」

「あい、その桜の下で嬢様の馬がとまったとき、桜の花がほろほろと落ちて、折角の島田に斑《ふ》が出来ました」

余は又写生帖をあける。この景色は画にもなる。詩にもなる。心のうちに花嫁の姿を浮べて、当時の様を想像してみてしたり顔に、

花の頃を越えてかしこし馬に嫁

と書き付ける。不思議な事には衣裳も髪も桜もはっきりと目に映じたが、花嫁の顔だけは、どうしても思いつけなかった。

馬子が立ち去ったあと、婆さんが那古井の宿のお嬢さんのことをしゃべり出した。それによると、旦那様の勤めていた銀行がつぶれて、嬢様は那古井に戻ってきた。もともとが気に染まぬ結婚だったらしい。世間では嬢様のことを不人情とか、薄情とか、いろいろ言っているが、

もとはとても内気の優しい方だった。あれから五年。馬子の源兵衛は、嬢様がこの頃ではだいぶ気が荒くなって、なんだか心配だ、と言っているとのことである。

話はまだすこし続くが、あまり詳しく聞くと、せっかくの非人情の趣向が壊れると思って、余は早々に退散することにした。

三

宿に着いて、座敷の蒲団に寝転がっていると、床《とこ》に懸かっている若冲《じゃくちゅう》〔江戸中期の画家〕の鶴の図が目についた。これは商売柄だけに、部屋に入ったとき、すぐに逸品と認めた。ひと寝入りすると、障子に月が差して、冴えるほどの春夜である。

気のせいか、だれか小声で歌をうたっているような気がした。夢の中の歌が、この世に抜け出したのか、……たしかにだれかうたっている。いま止むかいま止むか、と心を乱すこの歌の奥には、天下の春の恨みをすべて集めたような調べがある。細くなればなるほど、あとを慕って飛んで行きたい気がする。

余は堪らなくなって、さらりと障子を開けた。途端に、自分の膝から下が斜めに月の光を浴びた。寝巻きの上にも木の影が揺れながら落ちた。

あの声は、と見ると――向こうにいた。花ならば海棠《かいどう》かと思われる幹を背《せ》に、月の光を忍んで朦朧《もうろう》と影法師がいた。あれかと思う意識さえ、確《しか》とは心にうつらぬ間《ま》に、黒いものは花の影を踏み砕いて右へ切れた。自分がいる部屋つづきの棟《むね》の角《かど》が、すらりと動く背《せい》の高い女姿を、すぐに遮《さえぎ》ってしまう。

真夜中のことである。あれは化物でなければ、人間だ。人間とすれば女である。自分がいま見た影法師も、ただそれきりの現象とすれば、詩の世界である。孤村の温泉、春宵《しゅんしょう》の花影、月前《げつぜん》の低誦《ていしょう》、朧夜《おぼろよ》の姿、どれもこれも芸術家の好題目であるが、せっかくの雅境に理屈を入れて考え出すと、非人情の世界がどこかに行ってしまう。自分の感じから一歩退いて、他人として見る必要がある。

この夢現《うつつ》のようなあやふやな光景が、宿のお嬢さんとの最初の出会いであった。やがて、またうとうととなった。

余が寤寐《ごび》〈ゆめうつつ〉の境《さかい》にかく逍遥《しょうよう》していると、入口の唐紙《からかみ》がすうと開《あ》いた。あいた所へ幻の如く女の影がふうと現われた。余は驚きもせぬ。恐れもせぬ。只《ただ》心地よく眺めている。眺めると云うては些《ち》と言葉が強過ぎる。余が閉じている瞼《まぶた》の裏《うち》に幻影《まぼろし》の女が断りもなく滑り込んで来たのである。まぼろしはそろりそろりと部屋のなかに這入《はい》る。仙女《せんにょ》の波をわたるが如く、畳の上には人らしい音も立たぬ。閉ずる眼《まなこ》のなかから見る世の中だから確《しか》とは解《わか》らぬが、色の白い、髪の濃い、襟足《えりあし》の長い女である。近頃はやる、ぼかした写真を灯影《ほかげ》にすかす様な気がする。

まぼろしは戸棚の前でとまる。戸棚があく。白い腕が袖をすべって暗闇《くらやみ》のなかにほのめいた。戸棚が又しまる。畳の波がおのずから幻影《まぼろし》を渡し返す。入口の唐紙がひとりで閉《た》たる。余が眠りは次第に濃《こま》やかになる。

耳元にききっと女の笑い声がして、余は目が覚めた。

「ききっ」という笑い声が現実のものか、あるいは夢の中のものか、よくわからない。ひょっとすると、これは女の狂気の一端を示すものかもしれない。それほど大袈裟《おおげさ》ではないが、なにやら読者の興味を引く。

翌朝、遅く起きて風呂場に行き、ゆっくりと湯につかった。

身体を拭くのも大儀で、濡れたまま風呂場の戸をあけると、出合頭に女から声を掛けられた。

「御早う。昨夕《ゆうべ》はよく寝られましたか。……さあ、お召しなさい」

女は後ろに回って、ふわりと余の背中へ柔らかい着物を掛けた。「これはありがとう」とお礼を言うと、女は二三歩退いた。

こちらの驚愕と狼狽《ろうばい》を心地よげに眺めている女の表情は、非常に複雑である。軽侮《けいぶ》の裏に、なんとなく人に縋《すが》りたい景色が見える。人を馬鹿《ばか》にした様子の底に、慎み深い分別がほのめいている。才に任せ、気を負えば、百人の男子を物の数とも思わぬ勢《いきおい》の下から、温和《おとな》しい情けが知らぬ間に湧《わ》いて出る。どうしても表情に一致がない。悟りと迷《まよい》が、一軒の家《うち》に喧嘩《けんか》をしながら同居している体《てい》だ。この女の顔に統一の感じのないのは、心に統一のない証拠で、心に統一がないのは、この女の世界に統一がなかったのだろう。

不幸に圧《お》しつけられながら、その不幸に打ち勝とうとしている顔である。不仕合《ふしあわせ》な女に違いない。

ここでは、女の内面がかなり詳細に表現されている。画工である余は、相当に文人の素養を持っており、筆力もなかなかのものである。

「ほほほほ御部屋は掃除がしてあります。往《い》って御覧なさい。いずれ後程」と言うや否や、女はひらりと、腰をひねって、廊下を軽気《かろげ》に駆けていった。

この、女の身軽な動きも、「ききっ」という笑い声と同じく、彼女の特異な性格を鮮やかに示している。

四

部屋に帰ると、なるほど綺麗に掃除がしてあった。戸棚を開けてみると、友禅のしごきが半分垂れ下がっており、このことから見ると、だれか衣類でも取り出して、急いで出ていったものと解釈できる。昨夜の夢うつつの事件は、現実のことかもしれない。

食事の給仕をしてくれる年若い女中は、いろいろと話してくれた。それでわかったことであるが、この部屋は宿のお嬢さんが住んでいる部屋であったらしい。

こちらに帰ってきてからのお嬢さんは、針仕事をしたり、三味線を弾《ひ》いたり、禅寺の大徹和尚のところに行ったりしていると言う。

遅い朝食を終えると、女中が膳を引いて、入口の襖《ふすま》を開けた。中庭の裁込《うえこ》みを隔てて、向こう二階の欄干に、女が頬杖を突いて下を見詰めている。

蝶々が二羽寄りつ離れつ舞い上がる。女がにわかに、眼を蝶から余のほうに転じた。視線は毒矢のごとく空《くう》を貫いて、会釈《えしゃく》もなく余が眉間《みけん》に落ちる。

はっと思う間に、先ほどの女中が襖を閉めた。あとはしごく呑気な春となる。

突然、宿のお嬢さんが部屋にやってきた。退屈していると思って、お茶を持ってきたそうである。

手にした菓子皿には羊羹《ようかん》が並んでいる。羊羹にしても、青磁《せいじ》の皿にしても、かなり立派な品で、これらが格好の話題となった。余と女の会話は快調に進む。会話途中に、余は女に訊ねた。


「然し東京に居た事がありましょう」

「ええ、居ました。京都にも居ました。渡りものですから、方々に居ました」

「ここと都と、どっちがいいですか」

「同じ事ですわ」

「こう云う静かな所が、却《かえ》って気楽でしょう」

「気楽も、気楽でないも、世の中は気の持ち様一つでどうでもなります。蚤《のみ》の国が厭《いや》になったって、蚊の国に引越しちゃ、何にもなりません」

「蚤も蚊もいない国に行ったら、いいでしょう」

「そんな国があるなら、ここに出してごらんなさい。さあ出して頂戴《ちょうだい》」と女は詰め寄せる。


女の受け答えは非常に反応がいい。知性も、感性も、当時の女性としては相当のものである。

ふたりの会話はまだまだ続く。

ほーう、ほけきょうと、忘れかけた鶯がいつ勢《いきおい》を盛り返したのか、時ならぬ高音《たかね》を不意に張った。

ここはやはり、都会の俗界とはひと味違う山の中の、那古井の温泉宿なのである。

五

暇つぶしに近所の床屋《とこや》に行くと、親方はべらんめえ調の江戸っ子であった。非人情の詩境もここでは一服である。親方は『吾輩は猫である』の住民である。

その様子はと言うと、「彼は髪剃《かみそり》を揮《ふる》うに当って、毫《ごう》も文明の法則を解しておらん。頬にあたるときは、がりりと音がした。揉《も》み上《あげ》の所では、ぞきりと動脈が鳴った。顎《あご》のあたりに利刃《りじん》がひらめく時分には、ごりごり、ごりごりと、霜柱を踏みつけるような怪しい声が出た。しかも、本人は日本一の手腕を有する親方を以《もっ》て自任している」といった調子。

こんな親方であるから、石鹸をつけて欲しいと頼んでも、「石鹸《シャボン》なんぞを、つけて、剃るなあ、腕が生《なま》なんだが、旦那のは、髭が髭だから仕方があるめえ」としぶって見せて、やっと剃ってくれるのである。

世間話をしているうちに、親方は興味深いことをしゃべり出した。宿の出戻りのお嬢さんは村では話題の人で、その型破りの行動が語り草になっている。

お嬢さんは美人なので、寺の若い僧が付け文をしたらしいのであるが、その話は親方にかかると、次のようになる。

「どうしてって、本堂で和尚《おしょう》さんとお経を上げてると、突然《いきなり》あの女が飛び込んで来て――ウフフフフ。どうしても狂印《きじるし》だね」
「どうかしたのか」
「そんなに可愛《かあい》いなら、仏様の前で、一所《いっしょ》に寝ようって、出し抜けに、泰安《たいあん》さんの頸《くび》っ玉《たま》へかじりついたんでさあ」
「へええ」

こんな奇矯《ききょう》な行動は、普通では考えられないが、お嬢さんはやってのけるのである。親方の言っていることは、このあたりではみんな知っているらしい。世間話のうちに重要なことが語られている。

このあと、小坊主がやってくる。これも、『吾輩は猫である』に出てくる車屋の黒に匹敵する名子役である。頭を剃ってもらっているあいだ、口だけは達者で、次から次へとへらず口をたたく。

「了念《りょうねん》さん。どうだい、此間《こないだ》あ道草あ、食って、和尚さんに叱《しか》られたろう」

「いんにゃ、褒《ほ》められた」

「使《つかい》に出て、途中で魚なんか、とっていて、了念は感心だって、褒められたのかい」

「若いに似ず了念は、よう遊んで来て感心じゃ云うて、老師が褒められたのよ」

「道理《どうれ》で頭に瘤《こぶ》が出来てらあ。そんな不作法な頭あ、剃《す》るなあ骨が折れていけねえ。今日は勘弁するから、この次から、捏《こ》ね直して来ねえ」

「捏ね直す位なら、ますこし上手な床屋に行きます」

「はははは頭は凹凸《ぼこでこ》だが、口だけは達者なもんだ」

「腕は鈍いが、酒だけ強いのは御前《おまえ》だろ」

「箆棒《べらぼう》め、腕が鈍いって……」

「わしが云うたのじゃない。老師が云われたのじゃ。そう怒《おこ》るまい。年甲斐《としがい》もない」

こんな調子で親方としゃべっているのだが、ただ一つ、お嬢さんについて、「あの娘さんはえらい女だ。老師がよう褒めておられる」と、真っ当なことを言った。

小坊主の言葉は意味が深い。しかし、親方は「石段をあがる〔禅寺〕と、何でも逆様《さかさま》だから叶《かな》わねえ」と受けており、世間ではこちらが通り相場なのである。お嬢さんの正体は、依然として謎である。

六

夕暮れの机に向う。障子も襖も開け放つ。宿の客はほとんどなく、主人も、娘も、下女も下男も、知らぬ間にどこかに行ったようで、今日はひとしお静かである。唐木《からき》〔黒檀《こくたん》〕の机に憑《よ》ってぽかんとしている余の心は、なんとも言えず自由である。

この境界《きょうがい》を画にしたらどうか？　余が描かんとする題目は分明《ぶんみょう》でない。こんな抽象的なものを表現するなら、いっそ音楽がいいだろう。しかし、音楽は手に負えない。

それならば、詩はどうだろうか。そこで、いろいろと漢詩の文句を考えてみる。かなりいい漢詩ができ上がったと思ったが、なにかもの足りない。鉛筆を握ったまま、なんの気なしに、外を見ると、開け放った空間に、綺麗な影が通った。

一分と立たぬ間に、影は反対の方から、逆にあらわれて来た。振袖姿《ふりそですがた》のすらりとした女が、音もせず、向う二階の椽側《えんがわ》を寂然《じゃくねん》として歩行《あるい》て行く。余は覚えず鉛筆を落して、鼻から吸いかけた息をぴたりと留めた。

（略）

女は固《もと》より口を聞かぬ。脇目《わきめ》も触《ふ》らぬ。椽に引く裾《すそ》の音さえおのが耳に入《い》らぬ位静かに歩行《ある》いている。腰から下にぱっと色づく、裾模様は何を染め抜いたものか、遠くて解《わ》からぬ。只無地と模様のつながる中が、おのずから暈《ぼか》されて、夜と昼との境のごとき心地である。女は固《もと》より夜と昼との境をあるいている。

この長い振袖を着て、長い廊下を何度行き、何度戻る気か、余にはわからない。刻々と逼《せま》る黒い影を、すかして見ると、女は粛然《しゅくぜん》として、焦《せ》きもせず、狼狽《うろたえ》もせず、同じほどの歩調で、同じ所を徘徊《はいかい》しているらしい。謎の光景である。

女はまた通る。初手から余のごとき者に、すこしも気を掛けていないような有様で通るのである。そのうち、雲の層が、持ち切れぬ雨の糸を、しめやかに落とし出して、女の影を蕭々《しょうしょう》と封じ了《おわ》る。

七

寒い。手拭いを下げて、湯壺へ下りる。三畳へ着物を脱いで、段々を、四つ下りると、八畳ほどの風呂場に出る。

湯にすぽりと漬かると、乳のあたりまで届く。湯はどこから湧《わ》いて出るのか、槽《ふね》の縁を綺麗に越している。色が純透明だから、入り心地がいい。立て籠《こ》められた湯気は、床《ゆか》から天井を隈《くま》なく埋《うず》めている。

突然、風呂場の戸がさらりとあいた。やがて、階段の上に何物かあらわれた。広い風呂場を照らすのは、ただ一つ小さい釣り洋燈《ランプ》のみである。余は画工だけあって人体の骨格については、存外視覚が鋭敏である。余は女と二人、この風呂場にいるのを覚った。

ここから作者の裸体画論が、「余」の口を通じて、非常に濃密に述べられる。作者が傾ける画と詩の蘊蓄《うんちく》には、まったくもって感じ入る。

湯槽《ゆぶね》の場面では、ふっくらと浮く二つの乳房など、女の裸体がこれでもかと言うほど詳細に語られる。作者の作家としての力量が、存分に発揮されているのである。

余の視線は間近にいる裸体の女に焦点を合わせる。

　輪郭は次第に白く浮きあがる。今一歩を〈こちらに〉踏み出せば、折角の嫦娥《じょうが》〈月に住む美しい仙女〉が、あわれ、俗界に堕落するよと思う刹那《せつな》に、緑の髪は、波を切る霊亀《れいき》〈万年を生きて尾に長い毛が生えている〉の尾の如くに風を起して、莽《ぼう》〈草むら〉と靡《なび》いた。渦捲《うずま》く烟りを劈《つんざ》いて、白い姿は階段を飛び上がる。ホホホホと鋭どく笑う女の声が、廊下に響いて、静かなる風呂場を次第に向《むこう》へ遠退《とおの》く。余はがぶりと湯を呑んだまま槽《ふね》の中に突《つっ》立《た》つ。驚いた波が、胸へあたる。縁を越す湯泉《ゆ》の音がさあさあと鳴る。

女は風呂場から立ち去っていくとき、白い裸体を見せて階段を飛び上がり、ホホホホと鋭く笑う声をあとに残した。以前、夢うつつに聞いた「ききっ」という女の笑い声と考え合わせると、今回の思い切った行動は、彼女の風変わりな性格をさらに際立たせている。謎は依然として解けない。

八

宿の老主人の茶席に呼ばれた。相客は観海寺の大徹和尚と、二十四、五歳の青年である。老人の部屋は、余の部屋の廊下を突き当たって右の奥にある、

部屋の真ん中に大きな紫檀《したん》の机があり、座布団の代わりに毛氈《もうせん》が敷いてある。老人は琥珀《こはく》色の玉露を淹《い》れてくれる。

老人と和尚は、ひとしきり茶器をはじめ書画骨董《こっとう》の話をした。和尚は余に観海寺に遊びに来るように勧め、ここのお嬢さんもよく来ると言った。お嬢さんの名が那美《なみ》さんと言うことがわかった。

話のついでに、大徹和尚は那美さんの奇行をさらりとしゃべった。道で彼女と出会ったとき、どこに行ったんじゃと聞くと、「今芹《せりつ》摘みに行った戻《もど》りじゃ、和尚さんに少しやろうかと云うて、いきなりわしの袂《たもと》へ泥《どろ》だらけの芹を押し込んで、ハハハハハ」と、和尚は笑った。

那美さんの奇行は天衣無縫《むほう》というか、天真爛漫《らんまん》というか、自由そのものである。当時の女性がこれほど自由で開放的であるには、すこし気が触れていないと、リアリティーがない。

ここにいる青年は宿の老人の甥に当たり、久一《きゅういち》さんと言うらしい。那美さんの従弟《いとこ》である。風雅な話が続いたが、青年の存在に触れると、一転、話題が無風流になった。

老人は当人に代って、満州《まんしゅう》の野《や》に日ならず出征すべきこの青年の運命を余に語《つ》げた。この夢の様な詩の様な春の里に、啼《な》くは鳥、落つるは花、湧《わ》くは温泉《いでゆ》のみと思い詰めていたのは間違である。現実世界は山を越え、海を越えて、平家《へいけ》の後裔《こうえい》のみ住み古るしたる孤村にまで逼《せま》る。朔北《さくほく》〈北方。ここでは満州〉の曠野《こうや》を染むる血潮の何万分の一かは、この青年の動脈から迸《ほとばし》る時が来るかも知れない。この青年の腰に吊《つ》る長き剣《つるぎ》の先から烟《けむ》りとなって吹くかも知れない。而《しか》してその青年は、夢みる事より外に何等の価値を、人生に認め得ざる一画工の隣りに坐っている。

画工である余は、「非人情の天地を逍遥《しょうよう》したい」と思って、こんな山中の温泉宿にやってきたものの、知らぬ間に、なまぐさい現実世界に限りなく接近しているのである。日露戦争の戦場では、一人ひとりの兵士が赤い血を流し、次々と死んでいるのである。

九

部屋で本を読んでいるところに、女が遊びに来た。余が小説を読んでいたので、それが話題になった。

女は本を読んで欲しいと言い、読んでやることにした。「小説も非人情で読むから、筋なんかどうでもいいんです」と、余は持論を言った。

「ホホホホ大変非人情が御好きなこと」

「あなた、だって嫌いな方《ほう》じゃありますまい……」と言いかけると、「何か御褒美《ごほうび》を頂戴」

と女は急に甘える様に云った。

「何故です」

「見たいと仰《おっし》ゃったから、わざわざ、見せて上げたんじゃありませんか」

女の説明によると、余が茶店の婆さんに女の花嫁姿を見たいと言ったから、あのように二階の廊下で、振袖姿を見せて上げたとのことである。

そうだったのか。先夜、自分の部屋にすうっと入ってきて着物を取り出したのは、この女だったのだ。

「じゃ、昨夜《ゆうべ》の風呂場《ふろば》も、全く御親切からなんですね」と、余が突っ込みを入れると、女は黙っていた。おそらく否定する気はなかったのであろう。これで、すこし女の行為の謎が解けてきたように思われる。女は無意識的に好意を示してくれていたのである。

他日、女に勧められたので、余は鏡が池に行った。

観海寺の裏道の、杉のあいだから谷へ降りた。向こうの山へ登らないうちに、道は二股《ふたまた》に分かれて、おのずから鏡が池の周囲となる。

前に進んでいくと、やがて薪を背負った男に出会った。世間話をしているうちにわかったことは、大昔に宿の嬢様が池に身を投げたらしい。いまの嬢様も頭が変だ、とみなが囃《はや》しているそうである。馬子の源兵衛は、那古井の宿の内情をよく知っている。

そのあと、せっかくここまで来たので、すこし画を描こうと思いながら山道を登っていって、池の辺《ほとり》に来た。すると、余は蛇に睨まれた蟇蛙《ひきがえる》のごとく、はっと立ち止まった。かなたの暮れんとする晩春の巌頭に、あの女が突っ立っているではないか。

この一刹那《いちせつな》！

余は覚えず飛び上がった。池に跳び込むと思った。女はひらりと身をひねる。帯の間に椿の花の如く赤いものがちらついたと思ったら、既に向う側へ飛び下りていた。

女の動きは相変わらず敏捷である。そして、相変わらず謎めいている。

十

観海寺まで散歩に行って、大徹和尚と世間話をした。話の途中、大徹和尚は宿の那美さんのことに触れた。

「……あなたの泊っておる、志保田の御那美さんも、嫁に入《い》って帰ってきてから、どうも色々な事が気になってならん、ならんと云うて仕舞にとうとう、わしの所へ法を問いに来たじゃて。ところが近頃は大分出来てきて、そら、御覧。あの様な訳のわかった女になったじゃて」

大徹和尚の言っていることは、床屋で小坊主がしゃべっていたことと符合する。那美さんは、禅僧から見ると、人間ができてきたらしい。さらに、大徹和尚は彼女のことを、「中々機鋒《きほう》〔核心を突くほこさき。禅の用語〕の鋭い女で」と言った。大徹和尚にとっては、那美さんは、感性のいい正気の女性なのである。那美さんのことがようやく、すこしわかり掛けてきた。門を出て、左へ切れると、すぐ爪先《つまさき》上がりの山道になった。余は歩きながら那美さんのことを考えた。

あの女を役者にしたら、立派な女形《おんながた》が出来る。普通の役者は、舞台に出ると、よそ行きの芸をする。あの女は家のなかで、常住〔いつも〕芝居をしている。しかも芝居をしているとは気がつかん。自然天然に芝居をしている。あんなのを美的生活とでも云うのだろう。あの女の御陰《おかげ》で画《え》の修業が大分出来た。

余は、しばらく人情界を離れている。すくなくともこの旅のあいだ、人情界に帰る必要はない。必要があっては、せっかくの旅が無駄《むだ》になる。那美さんの行動所作がどんなであろうと、ただそのままの姿と見るよりほかに致し方がないのである。

山に登った。どっかと草むらに尻を下ろす。海は足の下に光る。ごろりと寝る。帽子が額をすべって、やけに阿弥陀《あみだ》〔帽子をずらすあみだかぶり〕となる。

人間の咳払いが聞こえたので、声の響いたほうを見ると、雑木のあいだから、一人の男が現れた。

茶の中折れ〔帽子〕を被《かぶ》っている。中折れの形は崩れて、傾く縁《へり》の下から眼が見える。野生の髯《ひげ》〔ほおひげ〕だけで判断すると、まさに野武士の価値がある。男に添って眼を働かせているうちに、男ははたと止まった。止まるとともに、また人が現れた。

男の相手は、那美さんである。彼女は財布のような包み物を差し出した。白い手首に見えるのは、紫の包み。これだけで十分画《え》になる。

男は手を出して、財布を受け取った。平均を保った二人の位置は、たちまち崩れる。

やがて女は、すたすたとこちらにやってきた。余の正面まで来ると、いまのを見ていたでしょう、と言った。

那美さんの話すところによると、あの男は、貧乏して日本におれなくなり、満州に行く支度《したく》金《きん》をもらうために、ここまで来たらしい。男は彼女の別れた亭主であった。

十一

川舟で久一さんを停車場《ステイション》まで見送ることになった。舟の中は、久一さんと、伯父に当たる宿の老人と、那美さんとその兄と、荷物運びの源兵衛と、余である。

川幅はあまり広くない。底は浅い。舟は面白いほど滑らかに流れる。

舟の中で余と並んで座った那美さんが、話の合間に、「先生、わたくしの画をかいて下さいな」と頼んできた。余は「わたしもかきたいのだが。どうも、あなたの顔はそれだけじゃ画にならない」と断った。

舳《へさき》では、那美さんの兄と久一さんが日露戦争の話で持ちきりである。

舟はようやく町らしい中に入った。一行は舟を捨てて、停車場に向かう。

いよいよ現実世界に引き摺《ず》り出された。汽車の見える所を現実世界と言う。汽車ほど二十世紀の文明を代表するものはあるまい。

何百という人間を同じ箱に詰めて轟《ごう》と通る。情け容赦はない。人は汽車に乗ると云う。余は積み込まれると云う。人は汽車で行くと云う。余は運搬されると云う。汽車ほど個性を軽蔑したものはない。

文明はあらゆる限りの手段をつくして、個性を発達せしめたる後、あらゆる限りの方法によってこの個性を踏み付け様とする。

（略）

憐《あわれ》むべき文明の国民は日夜にこの鉄柵に噛《か》み付いて咆哮《ほうこう》している。文明は個人に自由を与えて虎《とら》の如《ごと》く猛《たけ》からしめたる後、これを檻穽《かんせい》〈おりと落とし穴〉の内に投げ込んで、天下の平和を維持しつつある。この平和は真の平和ではない。動物園の虎が見物人を睨《にら》めて、寝転《ねころ》んでいると同様な平和である。檻《おり》の鉄棒が一本でも抜けたら——世は滅茶滅茶《めちゃめちゃ》になる。

余は現実世界を思うと、改めて感懐を催《もよお》さざるを得ない。封建の世の中が一変すると、さまざまな個性〈自我〉が噴出し、こんどはそれを取り締まるのに手を焼く。

ここで述べられている作者の大衆観は、現時点から見ると、恐ろしいまでにリアルである。いまや檻の外に出た、正、邪の虎が世界中で跳梁《ちょうりょう》して、一部の地域では無政府状態に陥っている。作者の文明批評は凄《すご》い予言であったと言わねばならない。

個性〈自我〉に関する議論は、すでに『吾輩は猫である』で見てきたように、早くから漱石の頭の中にあったのである。

文明は限りなく新鋭な、強大な、人殺しの兵器を作り出し、否応《いやおう》なしに、人々を殺伐《さつばつ》とした世界に引っ張り込む。非人情の世界も、もはや平穏ではないのである。

十二

余らの一行は停車場に着く。

轟《ごう》と音がして、白く光る鉄路の上を、文明の長蛇《ちょうだ》が蜿蜒《のてくっ》て来る。文明の長蛇は口から黒い煙を吐く。

「いよいよお別れか」と、老人が久一さんに言う。

「それではご機嫌よう」と、久一さんが頭を下げる。

「死んでおいで」と、那美さんがまたしてもつれない言葉を繰り返した。

すでに舟の中で、那美さんは「久一さん、御前も死ぬがいい。生きて帰っちゃ外聞《がいぶん》がわるい」と、乱暴なことを言っていたのである。

これまでの那美さんの言動からすると、こんな愛国婦人が言うような、通俗そのものの言葉を口にするとは考えにくい。

那美さんはなぜ、こんな科白《せりふ》を口にしたのであろうか？　那美さんは感傷に陥るのを恐れて、こんなひどいことを言ったのであろうか？

那美さんの発言は、奥になにか重大な意味を秘めているように思われる。那美さんはひょっとすると、若者を死地に追いやる、こんな不条理な現実に耐えられなくて、心にもないことを口走ったのかもしれない。

那美さんの本来の感情は、現実を受け入れるにはあまりにも豊か過ぎたのであろう。

蛇はわれわれの前で止まる。横腹の戸がいくつもあく。久一さんは乗った。老人も兄さんも、那美さんも、余もそとに立っている。

車輪が一つ廻《まわ》れば、久一さんは既に吾等が世の人ではない。遠い、遠い世界へ行ってしまう。その世界では煙硝《えんしょう》の臭いの中で、人が働いている。そうして赤いもの〈戦死者の血〉に滑って、無暗《むやみ》に転ぶ。空では大きな音がどんどんと云う〈大砲〉。これからそう云う所へ行く久一さんは車のなかに立って無言のまま、吾々を眺めている。吾々を山の中から引き出した久一さんと、引き出された吾々の因果はここで切れる。

車掌が、ぴしゃりぴしゃりと戸を閉めながら、こちらに走ってくる。やがて久一さんの車室の戸もぴしゃりと閉まった。世界はもう二つになった。

十三

汽車が動き出した。窓から乗り出した久一さんの顔が小さくなった。ここで、もう一つおまけが付く。最後の三等車が、余の前を通るとき、窓の中から、また一つ顔が出た。

茶色のはげた中折帽の下から、髯だらけな野武士が名残《なご》り惜気《おしげ》に首を出した。そのとき、那美さんと野武士は思わず顔を見合わせた。鉄車はごとりごとりと運転する。野武士の顔はすぐ消えた。那美さんは茫然《ぼうぜん》として、行く汽車を見送る。その茫然のうちには不思議にも今までかつて見た事のない「憐《あわ》れ」が一面に浮いている。

「それだ！　それだ！　それが出れば画《え》になりますよ」

と余は那美さんの肩を叩きながら小声に云った。余が胸中の画面はこの咄嗟《とっさ》の際に成就《じょうじゅ》したのである。

自由奔放に生きる那美さんの顔には、なにか足りないところがあった。余は以前にも、「憐れは神の知らぬ情で、しかも神に尤《もっと》も近き人間の情である。御那美さんの表情のうちにはこの憐れの念が少しもあらわれておらぬ。そこが物足りぬのである」と、思ったことがあった。那美さんは、非人情の世界の住人なのである。

しかし、いま汽車が、年若い久一さんと、落魄《らくはく》の別れた亭主を「遠い世界」に運びはじめたとき、ようやく彼女の心の奥に潜む人間的な「憐れ」が面《おもて》に現れ、余の創作欲に火を付けたのである。

「住みにくさが高《こう》じると、安い所へ引き越したくなる。どこへ越しても住みにくいと悟った時、詩が生まれて、画《え》が出来る」という最初の文句が、こうして落着する。余の腹が決まった。

漱石は、『草枕』においては、極限まで自由奔放な女性を、気が触れていると思わせるところまで、思い切って描き出した。

那美さんこそ、旧い封建意識で生きている俗衆の対極にある個性〈自我〉であり、漱石の創造した魅力的女性像の、底光りする原石なのである。

自立的な那美さんの形象は、のちに『虞美人草』の藤尾に引き継がれ、さらには『三四郎』の美禰子《みねこ》や、『それから』の三千代、『門』の御米に引き継がれていく。彼女らはそれぞれの形で存在感を示し、漱石文学に大きな魅力を添えているのである。

第三章　『虞美人草』ナビ

一

『虞美人草《ぐびじんそう》』は、一九〇七年（明治四〇年）に執筆され、朝日新聞に連載された。

この年、漱石は東京帝国大学から朝日新聞社に転職したのであるが、連載小説を執筆するのが、主な仕事であった。最初に連載した小説が『虞美人草』である。

漱石が世間的には最高級の地位にある東京帝国大学から、まだそれほど地位の高くない新聞社に転職したことは、普通では考えられない衝撃的事件であった。

すでに『吾輩は猫である』『坊っちゃん』『草枕』といった、話題性のある小説を発表していた漱石が最初に連載する小説とあって、『虞美人草』はどんなものか、と大いに期待された。

三越は虞美人草〔ひなげし〕を染めた浴衣を売り出し、池の端《はた》の玉宝堂は虞美人草の模様をあしらった指輪を売り出した。

いよいよ『虞美人草』の連載が開始されると、評判は上々であった。

もっとも、小説の冒頭は、比叡山をめざして登山する青年ふたりの、なんということもない会話から始まっている。

甲野さんは若いなりに哲学者で、幾分哲学的なこともしゃべっているが、一方の宗近君は、思想健全な優等生的人物なので、会話は平凡である。

ふたりはようやく山頂に至り、くっきりと見える琵琶湖を眺めた。白帆の小舟が浮かんでおり、竹生島《ちくぶ》がかすんで見えた。

二

『虞美人草』は、舞台が京都から東京、東京から京都、そして京都から東京、という風に交互に移っていく。

東京の場面の登場人物は、先のふたりと異なる。甲野さんの留守中に、甲野さんの邸宅で男女ふたりが向かい合っている。これには甲野さんの継母の策略が働いている。

いよいよ、ヒロインの藤尾の登場である。

この場面では、作者が腕に縒《よ》りをかけて、過剰にまで美辞を用い、表現力の限りを尽くしているのがよくわかる。藤尾と、彼女を熱愛している秀才の小野の様子を描いているのであるが、これはもう読者に眼を剝《む》かせる豪華な文章である。

紅《くれない》を弥生《やよい》〈陰暦三月〉に包む昼酣《たけなわ》なるに、春を抽《ぬき》んずる紫の濃き一点を、天地《あめつち》の眠れるなかに、鮮やかに滴《した》たらしたるが如《ごと》き女である。夢の世を夢よりも艶《あでやか》に眺めしむる黒髪を、乱るるなと畳める鬢《びん》の上には、玉虫貝《たまむしかい》を冴々《さえざえ》と菫《すみれ》に刻んで、細き金脚《きんあし》にはっしと打ち込んでいる。静かなる昼の、遠き世に心を奪い去らんとするを、黒き眸《ひとみ》のさと動けば、見る人はあなやと我に帰る。半滴のひろがり〈瞬時の視線〉に、一瞬の短きを偸《ぬす》んで、疾風の威《い》を作《な》すは、春に居て春を制する深き眼《まなこ》である。

藤尾は家庭教師の小野から、シェークスピアのクレオパトラの悲劇を教えてもらっているのであるが、小野のほうはすでに、彼女に魂を奪われているのである。「黒き眸《ひとみ》のさと動けば、見る人はあなやと我に帰る」は、そうした小野の心の動きを表したものであろう。

藤尾は本を膝の上に置いて、クレオパトラの悲劇の一段落を読み続ける。

女は顔を上げた。蒼白《あおしろ》き頬《ほお》の締れるに、薄き化粧をほのかに浮かせるは、一重《ひとえ》の底に、余れる何物かを蔵《かく》せるが如く、蔵せるものを見極《き》わめんとあせる男は悉《ことごと》く虜《とりこ》となる。

（略）

女は唯隼《ただはやぶさ》の空を搏《う》つが如くちらと眸を動かしたのみである。

藤尾の美貌の描写はさらに続くのであるが、こうした擬古文的な文章は、今となっては、読みこなすのに苦労する。この傾向は『虞美人草』全般について言える。前作の『草枕』以上に甚だしい。

『虞美人草』の次の連載小説は『坑夫』であったが、この新聞連載の二作は、作者にしても相当に気負っており、ともに力み過ぎの作品になっている。

作者は写生文の美点を生かそうとしたのであろうが、それがあまりに煩瑣《はんさ》で、逆に弱点になっている。作者はのちに『虞美人草』には不満を抱いていたようであるが、内容とともに、これも一因であろう。

三

比叡山から下山して着いた京都の宿は、閑静なところにあった。

甲野さんは宗近君とすこししゃべったあと、相変わらず哲学者の思索を始める。

折から閑雅な琴の音が聞こえてきた。隣の家の座敷で弾《ひ》かれているようであるが、障子が立て切ってあるので、中の様子は窺《うかが》えない。

縁側に出ていた宗近君が部屋に入ってくると、甲野さんに声を掛け、琴を弾いている娘を以前見掛けたことがある、と言った。

甲野さんはすこし興味を持って話を聞いた。その娘はかなりの別嬪《べっぴん》らしい。宗近君の評価では、藤尾さん〔甲野さんの異母妹〕より劣るが、糸公〔糸子。宗近君の妹〕より上らしい。

ここで、甲野さんの家庭の事情がすこし話題となった。亡父の後を嗣《つ》いでいる甲野さんは、家に残る気はなく、妹の藤尾に家を譲るつもりでいる。しかし、口先のうまい継母〔藤尾の母〕がなにか策略を弄しているように思えて、不信感を抱いている。

翌日は京都見物である。天竜寺に行って、境内を見物してからあと、京都駅、亀岡と回って、保津川下りを楽しむことにした。

保津川下りの場面は、作者の筆運びは非常に鮮やかである。船頭が櫂《かい》を動かし、棹《さお》を操る。やがて底の浅い小舟が石山、松山、雑木山と数える暇《いとま》もなく、奔湍《ほんたん》〔流れの急な早瀬〕に躍り込む。

大きな丸い岩である。苔を畳む煩《わずら》わしさを避けて、紫の裸身《はだかみ》に、撃ち付けて散る水沫《しぶき》を、

〈岩は〉春寒く腰から浴びて、緑り崩《くず》るる真中《まんなか》に、舟こそ来れと待つ。舟は矢も楯《たて》も物かは。一図《いちず》にこの大岩を目懸《めが》けて突きかかる。渦巻《うずま》いて去る水の、岩に裂かれたる向うは見えず。削られて坂と落つる川底の深さは幾段か、乗る人のこなたよりは不可思議の波の行末《ゆくえ》である。〈水は〉岩に突き当って砕けるか、捲き込まれて、見えぬ彼方《かなた》にどっと落ちて行くか、——舟は只まともに進む。

これほど微細に、躍動的に舟行を描写できるのは、作者が俳句などで写生力を鍛えていたからであろう。

さて、ふたりは嵐山に無事到着して、松と桜と人混みの中に這《は》い上がった。渡月橋《とげつきょう》の袂《たもと》の葭簀《よしず》茶屋に、妙齢の娘が座っているのが、甲野さんの眼にとまった。伏し目に人を避けて、名物の団子を眺めている。すると、「あれだよ」と宗近君が教えた。その実、彼女こそ宿の隣の家で琴を弾いていた娘であった。

四

藤尾と家庭教師の小野は、クレオパトラを話題にしてしゃれた会話をしており、男女の関係も、微妙な距離を置いて進行している様子である。

やがて小野は講読に戻り、クレオパトラの恋を「暴風雨の恋、九寸五分〔懐剣〕の恋」と評した。

ここはさらりと語られているが、この小説の、そして藤尾の、最後の場面の前触れとなっているのである。作者の壮大な構想力の一端が窺える。

このあと、小野はアントニウスが羅馬《ローマ》でオクテヴィアと結婚したことを話した。


「そこでクレオパトラがどうしました」

「オクテヴィヤの事を根掘り葉掘り、使いのものに尋ねるんです。……オクテヴィヤは自分の様に背《せい》が高いかの、髪の毛はどんな色だの、顔が丸いかの、声が低いかの、年はいくつだのと、何所《どこ》までも使者を追窮します。……」

「全体追窮する人の年はいくつなんです」

「クレオパトラは三十ばかりでしょう」

「それじゃ私に似て大分お婆さんね」

女は首を傾けてホホと笑った。

（略）

美しき女の二十《はたち》を越えて夫なく、空《むな》しく一二三を数えて、二十四の今日《きょう》まで嫁がぬは不思議である。

藤尾はこの時代の令嬢としては極めて開明的で、頭の働きも鋭い女性であった。センスもよく、教えている小野にも引けを取らない。亡父が外交官であったせいか、西洋事情にもかなりの程度まで通じている。

藤尾の母が外から帰ってきて、客の小野にお愛想を言っているあいだ、藤尾はそれには構わず、クレオパトラの悲劇を読み続けている。


「花を墓に、墓に口を接吻《くちづけ》して、憂《う》きわれを、ひたふるに嘆きたる女王は、浴湯《ゆ》をこそと召す。浴《ゆあ》みしたる後《のち》は夕餉《ゆうげ》〈ディナー〉をこそと召す。この時賤《いや》しき厠卒《こもの》〈下僕〉ありて小さき籃《かご》に無花果《いちじく》を盛りて参らす。

女王の該撒《シイザア》に送れる文に云う。願わくは安図尼《アントニイ》と同じ墓にわれを埋《うず》め給《たま》えと。無花果の繁《しげ》れる青き葉陰には、ナイルの泥《つち》に燄《ほのお》の舌を冷やしたる毒蛇《どくだ》を、そっと忍ばせたり。該撒《シイザア》の使は走る。……」


藤尾は夢中になって、小野から借りた書物〈プルターク『英雄伝』〉の「アントニウス」の頁を読んでいる。いまやクレオパトラの死が目前に迫っている。誇り高きクレオパトラの悲劇は、この作品の基底音となり、藤尾の気位《きぐらい》の高い性格とうまく溶《と》け合っている。クレオパトラの悲劇は、効果的に藤尾の悲劇と共鳴しているのである。これは、作者の小説作法上の優れた技巧と言えるであろう。

ちなみに、『虞美人草』という題名も意味深長である。虞美人は項羽《こうう》〔秦帝国を倒した中国古代の英雄〕の秀麗な愛姫《あいき》で、項羽が劉邦《りゅうほう》に追い詰められて、垓下《がいか》で四面楚歌に陥ったとき、非業《ひごう》の最期を遂げた。その墓から生えたのが、虞美人草と言われている。『虞美人草』は、仄《ほの》かに悲劇的な意味合いを含んだ題名なのである。

五

小野は東京帝大の卒業時に、恩賜の銀時計を授与された秀才であるが、生まれは貧乏の出であり、資産家の令嬢である藤尾は高嶺《たかね》の花であった。それが、いまでは手が届くところにいるのである。藤尾の兄である甲野さんとは友人であった。

高嶺の花を目前にした秀才の小野も、綿に包まれたトゲに悩まされる。博士になって美しい妻を娶《めと》ることを夢みている小野のもとに、一通の手紙が届いたのである。

それは過去からの不意の来信であった。それは負債の取り立てにも似た、憂鬱な内容を含んでいる。若い頃に生活の面倒を見てもらい、高い教育も受けさせてもらった井上孤堂が、娘を連れて上京してくる、と言っている。

恩師の思惑《おもわく》が、娘の小夜子の結婚話を進めることにあることは、小野にはわかっていた。彼女の夫が自分であることは、暗黙の了解事項になっている。深い恩を受けたことを考えると、いまさらこの縁談を断ることはできない。

藤尾とのことがなければ、それほど憂鬱になることもなかったが、藤尾との関係が好調に進みそうな現在は、美人ではあるものの、平凡でおとなしい昔風の小夜子には、魅力を感じることはできなかった。

小野は苦悶を抱えながらも、恩師とその娘を新橋の停車場《ステーション》に出迎え、そのあとも、彼らの住む借家を用意したり、買物をしたり、いろいろな面で奔走した。

彼は博士論文を執筆しなければならず、また同時に、藤尾との交際に気を遣わなければならず、たちまちのうちに気苦労が増えた。

一方、お気楽に京都旅行をしてきた宗近君と、哲学者の甲野さんは、帰りの夜汽車で井上孤堂父娘《おやこ》と乗り合わせた。京都で二、三度見掛けていたので、彼らのことを見知っており、遠くから密かに彼らの姿を眺めていた。

新橋の停車場では、父娘を出迎えに来ていた小野の姿を見つけた。しかし、宗近君と甲野さんは声を掛けなかった。

小野と恩師父娘は、五年ぶりの再会である。しかし、藤尾のことで頭がいっぱいになっている小野は、いまの小夜子には愛情を感じない。彼に思いを寄せているらしい小夜子も、東京に来てだんだん日が経つと、小野が昔と変わっているのに違和感を感じ出した。

どうしても五年前とは変わっている。金縁の眼鏡を掛け、口髭《ひげ》を蓄えた小野は、もとの書生ではない。

小野がこんなに変わっているので、小夜子はむしろ京都に帰りたい気持ちであった。

小野のほうは藤尾のことが気に掛かりつつも、東京案内の一つとして、いま話題になっている池の端の博覧会の見物に、父娘を連れ出した。

夜の博覧会場は、絢爛《けんらん》豪華なイルミネーションで飾られている。物見高い見物人が押し掛けてきて、ごった返している。小野は老齢の恩師を気遣って、池の傍《そば》にある洋風の茶屋に入った。

三人が座っている席の反対側に、甲野さんと義妹の藤尾、宗近君と妹の糸子の四人が入ってきた。四人のほうは、小野たち三人がいることに気付いたが、三人のほうは、四人に気が付かなかった。京都の宿から始まって、小説的な偶然の連続である。

なにも知らない宗近君が、「小野が来ているよ」と、藤尾に要らぬことを言った。

藤尾は「知っています」と言ったなり、首をすこしも動かさなかった。黒い眸《ひとみ》が怪しい輝きを帯びている。

「うつくしい方ね」と、なにも知らない糸子が藤尾を見た。

藤尾は眼を上げずに、「ええ」と素っ気なく言い放つ。極めて低い声である。藤尾が気分を害しているのは間違いない。

六

『虞美人草』の主人公は、作者は甲野さんと宗近君を想定しているようであるが、その実、甲野さんの義妹である藤尾のほうが、作者の意図を超えて際立《きわだ》っている。

藤尾の亡父は、彼女を宗近君の許嫁《いいなずけ》にすることを、宗近君の父親と取り決めていた。これは、当時としては決して珍しいことではない。

しかし、いまの藤尾は、そんな父親たちの口約束を無視して、自らの意志で夫を選ぼうと思っている。外交官試験に落ちてばかりいる健康優良児の宗近君よりも、シェークスピアを教えてくれる教養豊かな小野に気持ちは移っている。母親のほうも、思うようにできる小野を娘の婿《むこ》にしようと、密かに企んでいるようであった。

作者は言う。愛は、愛される資格があるという自信に基づいて起こる。ただし、愛される資格があると自信を持っていて、愛する資格がないのに気が付かぬ者がいる。愛される資格を標榜《ひょうぼう》して憚《はばか》らない者は、如何なる犠牲をも相手に逼《せま》る。相手を愛する資格を具《そな》えていないからである。

作者のこの高説は、次も含めてかなり難しい。

盼《へん》たる美目《びもく》〈美しい目もと〉に魂を打ち込むものは必ず食われる。小野さんは危《あやう》い。倩《せん》たる巧笑〈麗《うるわ》しい笑顔〉にわが命を托するものは必ず人を殺す。藤尾は丙午《ひのえうま》〈この年に生まれた女は男を殺すという迷信がある〉である。藤尾は己れの為にする愛を解する。人の為にする愛の、存在し得るやと考えた事もない。詩趣はある。道義はない。

愛の対象は玩具《おもちゃ》である。神聖なる玩具である。普通の玩具は弄《もてあそ》ばるるだけが能である。愛の玩具は互いに弄ぶを以《もっ》て原則とする。藤尾は男を弄ぶ。一毫《いちごう》〈ほんの少し〉も男から弄ばるる事を許さぬ。藤尾は愛の女王である。

「愛の女王」である藤尾は、恋愛をするために我《が》の強くない小野を選んだ。宗近君は捕《と》るのは容易であるが、宗近君を馴らすのは藤尾と雖《いえど》も、困難である。

「愛の女王」は顎《あご》で合図をすれば、すぐ来る者を喜ぶ。小野はすぐ来るし、満腔《まんこう》の誠を捧げて、自分の玩具となることを栄誉と思う。藤尾はただ愛される資格が、自分の眼に、自分の眉に、自分の唇に、さては自分の才にあるのを認めて、ひたすらにこの自分を渇仰《かつごう》〔深く思慕〕する者を求む。藤尾の恋愛は小野でなくてはならないのである。

ところが、この四、五日のあいだ、唯々《いい》として来るべきはずの小野が、いっこうに顔を見せない。博覧会の夜のことを思うと、藤尾の心に猛然と、侮《あなど》りに対する怒りが生じてきた。無念と嫉妬を混ぜ合わせた怒りである。

文明の淑女は、人を馬鹿にするのを第一義とする。人に馬鹿にされるのを死に勝る不面目《ふめんもく》と思う。小野は確かに彼女を辱《はずかし》めた。

七

小野は藤尾の手きびしい反撥を喰らう羽目に陥った。シェークスピアの講読に行ったとき、藤尾のご機嫌は麗《うるわ》しくなかった。小野は夜の博覧会場で、三人いっしょにいるところを、藤尾に見つかっていることをまだ知らない。

藤尾は知らぬ顔をして、じわじわとそのときの状況を小野に問い質していった。小野はだんだんと自白に追い込まれていく。

小野はなんとかその場をしのいだが、次に待ち受けているのは、恩師の井上孤堂であった。

小野が訪ねていったとき、娘の小夜子は買い物に出て、留守であった。骨と皮になった病気の年寄りは、義理人情に絡めて、小野に小夜子との結婚を迫った。

恩師はいまでは老齢になって、将来の生活に不安を抱いており、そのこともあって、ひとり娘を一刻も早く結婚させようと焦っている。

帰るとき、小野は玄関で呼び止められた。

「清三！」と、洋燈《ランプ》の影から恩師は言った。「こうして東京へ出掛けて来たのは、小夜の事を早く片付けてしまいたいからだと思ってくれ。わかったろうな」と、再度念を押した。

小野は帰りの夜道を歩きながら、にっちもさっちもいかない自分の状況を思って、憂鬱な気分に陥った。

いつまでも義理人情に拘《こだわ》っていたら、これから先はどうにもならなくなる。小野は思った。ドライな性格の旧友の浅井なら、すぐに片付けることができる。なにごとにも平気な宗近のような男なら、苦もなくどうかするだろう。甲野なら超然として板挟みになっているかもしれぬ。

しかし、自分にはできない。向こうへ行って一歩深く陥《はま》り、こっちへ来て一歩深く陥る。双方へ気兼ねをして、片足ずつ双方へ取られてしまう。つまり、人情に絡んで、意志に乏しいからである。

こうなると、人情なんかなんとも思わないドライな浅井に、恩師に断りを入れてもらうしかない。小野は夜道をとぼとぼと歩きながら、浅井に頼み込もう、と決意を固めた。

八

甲野さんは、自分の瀟洒《しょうしゃ》な洋風の書斎で義母と話し合った。そのあと、義妹の藤尾を呼んで、義母に言ったように、亡父から受け継いだ財産はお前に譲ることにした、と告げた。その代わり母親の世話はして欲しい、と付け加えた。

藤尾は「ありがとう」と言って、母親を見て笑った。

このあと、甲野さんは藤尾に、亡父が望んでいた通りに宗近君と結婚しないか、と勧めた。

「厭です」と、藤尾ははっきりと断った。

甲野さんは、結婚相手としては宗近のほうが小野よりいい、と言った。

「兄さん」と藤尾は鋭く欽吾《きんご》〈義兄〉に向った。「あなた小野さんの性格を知って入《い》らっしゃるか」

「知っている」と閑静《しずか》に云う。

「知ってるもんですか」と立ち上がる。「小野さんは詩人です。高尚な詩人です」

「そうか」

「趣味を解した人です。愛を解した人です。温厚の君子です。――哲学者には分らない人格です。あなたには一《はじめ》さん〈宗近君〉は分るでしょう。然し小野さんの価値《ねうち》は分りません。決して分りません。一さんを賞《ほ》める人に小野さんの価値が分る訳がありません。……」

「じゃ小野にするさ」

「無論します」

云い棄てて紫の絹《リボン》は戸口の方へ揺《うご》いた。繊《ほそ》い手に円鈕《ノッブ》をぐるりと回すや否《いな》や藤尾の姿は深い背景のうちに隠れた。

これで見ると、藤尾はしっかりと自分の考えを持っている、当時としては珍しい近代女性と言うことができるであろう。聡明である上に、センスもよく、環境に恵まれて高い教養を身に付けている。さらに、美貌の持ち主ということになると、これは才色兼備の佳人と言うよりほかかない。

しかし、義兄の甲野さんや、宗近君、宗近君の父親などからすると、この聡明な近代女性も、死んだ父親の言うことを聞かない、自我を通すわがまま娘ということになってしまう。作者の立場も同じである。

九

同じ頃、宗近君の家では、父子が話し合っていた。どうやら宗近君はやっと外交官試験に合格したらしい。

宗近君がそのことを報告すると、外国勤務なら結婚しておいたほうがいいな、と父親が言い出した。宗近君が甲野さんの妹を嫁にしたいと言うと、「それはちょっと」と、先方の父親と婚約を取り決めていた父親が、意外にも難色を示した。藤尾の母親がやってきて、遠回しに宗近君との結婚話を断ったようなのである。

せっかく外交官試験に合格したのに、宗近君は藤尾と結婚できそうにない。

宗近君は、自分の問題は置くとして、妹の糸子を甲野さんに嫁がせるという宿願は、外国に赴任する前に果たしておきたかった。糸子は哲学者である甲野さんの人柄をよく理解し、その上で、深く尊敬し、愛しているのである。

宗近君は甲野さんの家に行った。甲野さんは、宗近君を書斎に迎えてしばらくしゃべっていたが、そのうち話が甲野さんの家の家庭の事情に移ると、「僕の母は偽物《にせもの》だ」と言い出した。義理の母も妹の藤尾も、ともに信用できない、と言う。藤尾が宗近君と結婚するのにも、賛成できないようである。

母娘《おやこ》とも、口先では綺麗なことを言っているが、結局は自分勝手な我《が》の強い人間だ、と甲野さんは見ていたのである。そして、全財産を藤尾に譲ってやって、自分は家を出る、という考えを述べた。

宗近君はこの機に、妹の糸公の優しさと甲野さんへの純愛を説明し、ふたりの結婚をまとめ上げようと、熱を籠めて懇願した。

甲野さんは即答は避けたものの、宗近君の、切々と訴える説得には心を動かされた模様であった。

十

秀才の小野は旧友の浅井を呼び出した。同じ恩師である井上孤堂に会って、お嬢さんとの結婚を断りたい自分の意向を、告げてもらうためである。

無神経なところのある浅井は、十円の借金をさせてもらうことを条件に、小野の厄介な依頼を、茶漬けを掻き込むように簡単に承諾した。

気軽に出向いていった浅井は、井上孤堂の強烈な拒否反応に驚いた。相手は浅井の説明を聞くや否や激怒して、「人の娘は玩具《おもちゃ》じゃないぜ。博士の称号と小夜と引き替えにされて堪《たま》るものか」と、烈しく怒鳴った。

浅井のほうは、こんなに怒られるとは思いもしなかった。だれの眼から見ても、博士号は大切なものである。小野がそのために気持ちを集中しているのは当然だ。曖昧《あいまい》な約束をやめにするというのも、さほど不義理とは言えない。してもらっただけのことを物質的に返すと言うのだから、それはそれでいいのではないか。

それなのに、相手が突然怒り出すので、浅井は面喰らった。

浅井はなんとか先生をなだめようとしたが、「井上孤堂はいくら娘が可愛くても、厭だと言う人に頭を下げて貰ってもらうような卑劣な男ではない。小野にそう言っておけ！」と、厳しく言い返された。さらに、「小野が自分で報告に来るように言っておけ」と、追い討ちを掛けられた。

浅井にとっては生まれて初めての、思いも寄らない経験である。これにはさすがに厚顔な浅井も、這々《ほうほう》の体《てい》で退散するしかなかった。

十一

井上孤堂の家を辞去した浅井は、自分の考えではどうにもならないと思い、宗近君のところに行って、これまでの経過を話した。ここから、宗近君の大掛かりな計画が、一気呵成《かせい》に進行するのである。

小野のほうは昼食のあと、机の前に座って煙草を吹かし、考え込んでいる。今日は藤尾と大森に行く約束がある。約束だから行かなければならぬ。しかし、是非行かなければならぬとなると、なんとなく気が咎《とが》める。不安である。約束さえしなければ、もうすこしは太平であったろう。

このまま行くと、どうなってしまうか？　良心を質に取られて、生涯受け出すことができない。利に利がつもる。背中が重くなる。痛くなる。社会が後ろ指をさす。……

浅井の返事はまだ来ない。恩賜の時計は一秒ごとに約束の履行を促す。

やっぱり行くことにするか。後ろ暗い行いさえなければ、行っても差し支えないはずだ。それさえ慎めば取り返しはつく。小夜子の方は浅井の返事次第で、どうにかしよう。

小野がこんな風に思いあぐねているとき、突然、宗近君が部屋にぬっと入ってきたのである。

「小野さん、さっき浅井が来てね。そのことでわざわざやってきた」と、宗近君はずばりと言った。

小野は、宗近君の不意打ちが迷惑どころか、むしろありがたかった。待たしている藤尾に、邪魔が入ったと言い訳ができるからである。

宗近君は小野の落ち着きのない様子を見て取って、こういう危ういときにこそ、生まれ付きの性根を叩き直しておかないと駄目だ、と厳しく苦言した。人間は真面目になる機会が重なれば重なるほど、でき上がってくる。人間らしい気持がしてくる、と続けた。

秀才の小野は黙って聞いている。

宗近君は話を続けた。「真面目になれるほど、自信力の出ることはない。真面目になれるほど、腰が据わることはない。……君もこの際一度真面目になれ」と、親身になって説諭した。

宗近君は、当たり前のことを言っているようであるが、その実、この「真面目」という言葉は、非常に重要な、奥深い内容を含んでいる。

真面目は、人間性の基本にあるべきもので、これを否定する者はまずいないであろう。

しかし、真面目は大切なものであるが、その抽象性は恐ろしいものを秘めている。

忠、孝を真面目に行うと言っても、悪い主君や悪い親のために、非道な上意討ちや、理不尽な仇討ちを「真面目」に行うのでは、真面目の意味が違ってくる。

時代や場合によって、真面目の意味は違ってくる。都合のいい一面を強調して、そのために「真面目」を強要してはならないのである。

しかし、基本的には、「真面目」は人間性の根底にあるべき大切なものである。

宗近君は、単純なところのある好人物なので、彼の言う「真面目」は真っ当な意味であろう。

小野は、藤尾との関係をより深い関係にしようと思って、待合《まちあい》のある大森で会う約束をしていたのであるが、いまに至って、この決心がぐらついていた。そこに宗近君が来て、やめるように助言してくれたのである。

小野は、助かったという気持ちで、宗近君の説得をむしろありがたく聞いた。最後には、解放された思いで、自分は真面目な人間になる、と誓った。

宗近君に、どのように真面目になるのか、と聞かれると、小野は、小夜子と結婚する、と改心の決意を述べた。それならば、みんなの前でふたりの結婚を公表せよ、と宗近君にたたみ掛けられると、小野はすこし渋ったが、それも承知した。

十二

このへんのところは、小野の改悛がいかにも簡単過ぎて、いささか物足りない。あるいは、藤尾の「愛の女王」的わがままが、重荷になりはじめていたのかもしれない。

井上孤堂とお嬢さんの気持ちをなだめる役割は、宗近君の父親が担うことになった。息子に頼まれた父親は、井上孤堂の家に行って、息子が必ず小野を説得するから、安心して待つように、と慰めた。小夜子もようやく落ち着いてきたようである。

甲野さんのほうは、書斎で家を出て行く用意をしていた。そこへ継母がやってきた。彼女は世間体を気にして、義理の息子が家を出て行くことに、あれこれと言って反対して見せた。甲野さんには、継母の腹の内がよくわかっている。義理の息子が家を出て行くことを望んでいるくせに、口先では反対のことを言っているのである。

このとき、糸子本人が兄の命で、甲野さんを自分の家に引き取るべく、強い風雨の中を迎えにやってきた。それに続いて、先ほど小野を説得した宗近君が来た。

やがて、秀才の小野が小夜子といっしょにやってきた。

ここで、甲野さん、宗近君、妹の糸子、そして、小野、小夜子の五人が勢揃いしたのである。

宗近君は藤尾の母親に、藤尾の所在を聞いた。母親は、小野と会うために外出している、と答えた。すると、宗近君は、それなら小野が藤尾さんと会うのをやめにしたので、彼女はもうすぐ引き返してくるでしょう、と言った。

宗近君の予言は正確であった。

自尊心の強い藤尾は、時間が来ても小野が姿を見せないので、怒り心頭に発して帰ってきたのである。彼女は辱《はずかし》められた女王のごとく、書斎の真ん中に突っ立った。

傍らにいる小野に、どういうことになっているのか、と藤尾は詰問した。稲妻ははたはたとクレオパトラの瞳から飛ぶ。なにを猪口才《ちょこざい》な、と小野の額を射た。

小野は覚悟を決めていた。それで、小夜子のことを、「これは私の未来の妻に違いありません」と、きっぱり明言した。「藤尾さん、今日《こんにち》までの私はまったく軽薄な人間です。あなたにも済みません。小夜子にも済みません。宗近君にも済みません。今日から改めます。真面目な人間になります。どうか許して下さい」

藤尾の表情は三たび変わった。破裂した血管の血は真っ白に吸収されて、侮蔑《ぶべつ》の色のみが深刻に残った。仮面《めん》の形は急に崩れた。

「ホホホホ」

ヒステリー性の笑いは、窓外の雨を突いて高く迸《ほとばし》った。

藤尾は、自分の美貌と富を象徴する金時計〔亡父の遺品〕を小野に渡すのをやめ、それならば、と本来の許嫁《いいなずけ》の宗近君に手渡した。これは自分の未来を託すことを意味している。

宗近君はそれを受け取ると、暖炉に近寄って、「やっ」とばかりに投げ棄てた。金時計は大理石の角で砕けた。

「藤尾さん、僕は時計が欲しいために、こんな酔狂な邪魔をしたんじゃない。こう壊してしまえば、僕の精神は君たち〔藤尾母娘〕にわかるだろう。なあ甲野さん」

「そうだ」

呆然《ぼうぜん》として立っている藤尾の顔は、急に筋肉が働かなくなった。手が硬くなった。足が硬くなった。中心を失った石像のように、椅子を蹴返《けかえ》して、床の上に倒れた。

かくして、藤尾の短い一生は終わりを告げた。知的で活潑な才色兼備の女性が、悲劇的にこの世を去ったのである。

凝《こ》る雲の底を抜いて、小一日空を傾けた雨は、大地の髄に浸《し》み込むまで降って歇《や》んだ。春はここに尽きる。梅に、桜に、桃に、李《すもも》に、且《か》つ散り、且つ散って、残る紅《くれない》も亦《また》夢の様に散ってしまった。春に誇るものは悉《ことごと》く亡《ほろ》ぶ。我《が》の女は虚栄の毒を仰いで斃《たお》れた。花に相手を失った風は、徒《いたず》らに亡《な》き人の部屋に薫《かお》り初《そ》める。

ここで述べられている「虚栄の毒を仰いで」は、象徴的な意味合いであろう。おそらく藤尾は、血管が破裂して憤死したのである。

作者は藤尾を憐れみ、彼女の亡骸《なきがら》の安置されている様子をこのあとずっと、ことさら優美に、華麗に描写している。友禅の小夜着《さよぎ》、二枚折の銀屏風《びょうぶ》、白磁《はくじ》の香炉等々、死者を弔うものが、事細かく詳細に描き出されているのである。

凡《すべ》てが美くしい。美くしいもののなかに横《よこた》わる人の顔も美くしい。驕《おご》る眼は長久《とこしな》えに閉じた。驕る眼を眠った藤尾の眉は、額は、黒髪は、天女《てんにょ》の如く美くしい。

ここに至って、作者は藤尾を愛惜して書いている。しかし、それにもかかわらず、藤尾のことを「我の女」と断じているのである。

十三

最終章は、哲学者の甲野さんの長い日記で終わる。甲野さんはエゴイズム〔利己主義〕の跋扈《ばっこ》している世俗社会を厳しく批判し、人生の第一義は道義である、と主張して、次のように記述している。これは作者の思想を代弁している。

道義に重《おもき》を置かざる万人は、道義を犠牲にしてあらゆる喜劇を演じて得意である。巫山戯《ふざけ》る。騒ぐ。欺《あざむ》く。嘲弄《ちょうろう》する。馬鹿《ばか》にする。踏む。蹴《け》る。——悉く万人が喜劇より受くる快楽である。この快楽は生に向って進むに従って分化発展するが故に——この快楽は道義を犠牲にして始めて享受し得るが故に——喜劇の進歩は底止〈停止〉する所を知らずして、道義の観念は日を追うて下《くだ》る。

道義の観念が極度に衰えて、生を欲する万人の社会を満足に維持しがたき時、悲劇は突然として起る。

甲野さんは藤尾の悲劇を念頭に置いて、道義の大切さを記述している。我欲の個人主義に対する甲野さんの批判は、非常に明快である。「我欲」の跋扈《ばっこ》する道義なき社会こそ、悲劇を成育する温床であることを、しっかりと見極めている。

二か月後、甲野さんは自分の日記の一部を抄録して、外交官としてロンドンに駐在している宗近君に送った。宗近君の返事にはこうあった。——

「此所《ここ》では喜劇ばかりが流行《はや》る」

いかにも宗近君らしい、簡にして要を得た返事である。そして、漱石自身の、ロンドン留学中の不快な思い出もちくりと出ている。

このぶっきら棒な短いコメントで、『虞美人草』の、一方では極めて濃厚な描写を含む、美しい才媛《さいえん》の痛ましい物語が終わるのである。

甲野さんの道義に関する見解は、作者の思想を代弁したものではあるが、やはり一考を要する。

甲野さんは道義を重んじて、エゴイズムを否定しているのであるが、その点に関しては、旧来の封建道徳と別段異なるところはない。封建道徳にしても、エゴイズムは否定しているのである。

『虞美人草』では、作者はエゴイズムを批判するのに急で、藤尾を「我の女」として断罪している。弟子への手紙の中では、藤尾のことを、「あれは嫌な女だ。詩的であるが大人しくない。徳義心が欠乏した女である。あいつを仕舞に殺すのが一篇の主意である」と、はっきりと言い切っている。

道義を論ずる際、イギリス帰りの漱石さえも、この段階では、まだ旧い封建道徳から脱していない。個人主義の軸足は定まっていないのである。

『虞美人草』では、道義をテーマに据えて、藤尾を、「愛の女王」としての側面を強調して描き出している。

しかし、視点を変えて言うならば、藤尾の憤死は、自由な愛を妨げる、旧い社会意識の俗人たちに対する、強烈な「異議申し立て」なのである。俗人たちの中には、藤尾を熱愛したあの秀才の小野さえも含まれる。

才色兼備の藤尾は、自己主張が強過ぎるとはいえ、現時点から見ると、作者の意図を遙かに越えて、新しい時代の、自立〔近代的自我〕を求める女性たちの魁《さきがけ》となっている。前作の『草枕』の那美さんは、旧社会の常識にとらわれない、自由な人間として描かれている。彼女は、精神がいささか異常ではあるが、時代を一歩突き抜けた女性であった。

作家としての漱石は、那美さんを創り出したことでわかるように、心の奥底に、女性が自我を解《と》き放つのを認めようとする、得体の知れない情動を秘めていた。『虞美人草』においても、作者の哲学に反する、自立した女性の「個性」を出現させているのである。その矛盾した情動は、漱石の精神の基底にある正義感と無縁ではない。

この注目すべき情動は、『虞美人草』以後も微妙な形で存在し続け、漱石は、自立を求める魅力的な女性像を、次々と創り出していくのである。

第四章　『三四郎』ナビ

一

『三四郎』は、一九〇八年（明治四一年）に『朝日新聞』に連載された。『三四郎』『それから』『門』の順で執筆された前期三部作の最初の作品である。

漱石が朝日新聞社に入って、最初に執筆した連載小説が『虞美人草』で、次が『坑夫』である。この連載第一作と第二作は、相当に気負って書いている。写生文の美点を生かそうとしたのであろうが、その濃厚な美文が読みづらさになっているのである。

ところが驚くべきことに、漱石は次に連載した三作目の『三四郎』では、濃厚な厚化粧を見事に洗い落とし、内容も垢抜けたものに飛躍させて、いっきょに、いま読んでも新鮮な近代小説に仕上げている。わずか半年足らずでこれほどの脱皮をなし遂げるとは、作者の才能には脱帽せざるを得ない。

さらにまた、この小説では『吾輩は猫である』や『坊っちゃん』などで見られる単純な正義感が後退し、野暮ったいところが削られて、立派な近代小説に仕上がっている。漱石はいまや、一流の小説家として、大きく前に踏み出したのである。

それでは、『三四郎』を見ていってみよう。ストーリーは次のように展開する。

旧制の高等学校〔五高。熊本大学の前身〕を卒業したばかりの青年が、汽車に乗って、東京帝国大学に入学するために上京する。作者はこの汽車の中で、さっそく見事な布石を打っているのである。

三四郎は、子持ちではあるが年若い、かなりきれいな女と乗り合わせた。気になる女で、ちらちらと見て何度か眼が合った。いまは子どもを連れていない。

名古屋終点の汽車なので、名古屋で途中下車となる。三四郎は女に、心細いので宿までいっしょに行って欲しいと頼まれたとき、行き掛かり上引き受けた。ところが、宿は込んでいて同室となり、さらには寝る布団も同じになる。

風呂場に行くと、女があとから入ってきた。三四郎は慌てて飛び出した。女が暗に誘っているのに、その夜はなにも行動に移せなかった。

翌朝、名古屋の駅で別れた。そのとき、女は「あなたは余っ程度胸のない方ですね」と言って、にやりと笑った。

完敗である。二十三年の弱点が一度に露見したような心持ちであった。彼は、自分には決断力が不足している、と感じた。急所を突かれた感じがする。

これが、新しい世界に向けての第一の洗礼である。

名古屋からの乗り継ぎの汽車では、髭《ひげ》〔くちひげ〕を濃く生やした男といっしょになった。しょっちゅう煙草を吹かし、水蜜桃を買うとたくさん食べた。彼は三四郎にも分けてくれて、親しく話すようになった。

髭の男が、日本は日露戦争に勝って一等国になっても、こんなのじゃ駄目だ、と話したとき、三四郎は、これからは日本もだんだん発展するでしょう、と日本を弁護した。すると、髭の男はすましたもので、

「亡《ほろ》びるね」と言った。

これには三四郎も驚いた。熊本でこんなことを口に出せば、すぐに殴られる。この世にはこんな人間もいるものだ、とはじめて熊本を出たことを実感した。

これが、新しい世界に向けての第二の洗礼である。

髭の男の言ったひと言は、恐ろしく正確な予言であった。これから約四十年後、日本は太平洋戦争に敗れ、一時的には、亡国の憂き目に遭っているのである。明治の文明開化や日露戦争後の国情に対する、漱石の批判は鋭い。

二

いよいよ新しい世界の始まりである。

東京に着いてから、三四郎はさまざまに新しいことを経験する。電車がちんちん鳴るのに驚き、多くの人が乗り降りするのに驚く。東京帝大の大学構内の研究室、教室、図書館、それにかなり大きな池など、エリート知識人が集う高尚な環境で、多くの人々と遭遇する。作者が「予告」で言っているように、「新しい空気に触れる」のである。

三四郎は最初の用件として、母の手紙で言われた通り、理科大学〔理学部〕の地階にある研究室に、郷里の先輩である野々宮を訪ねた。彼は若いが、大学で研究生活を送っている。

三四郎が何分ともよろしくと挨拶をしても、野々宮は「はあ、はあ」と言って聞いているのみである。その様子が、どこか汽車の中で水蜜桃を食った髭の男と似ている。

野々宮は、穴が蟒蛇《うわばみ》〔大蛇〕の眼玉の様に光っている器械を指さして、「夜になって、交通その他の活動が鈍くなる頃に、この静かな暗い穴倉で、望遠鏡の中から、あの眼玉の様なものを覗くのです。そうして光線の圧力を試験する」と、言った。

三四郎は大いに驚いた。驚くと共に光線にどんな圧力があって、その圧力がどんな役に立つんだか、まったく要領が得られなかった。しかし、野々宮の説明を聞いて、最先端の科学者の世界をかいま見たような気がした。

このあと、三四郎は大学の構内を通り抜け、樹木に囲まれた池まで歩いて、池の端《はた》にしゃがんだ。

ふと眼を上げると、左手の岡の上に女が二人立っている。女のすぐ下が池で、池の向こう側が高い崖の木立で、その後ろに派手な赤煉瓦のゴシック風の建築が見える。夕日がまぶしいと見えて、女の一人は団扇を額のところに翳《かざ》している。

東大構内の、のちに「三四郎池」と呼ばれることになるこの池で、三四郎ははじめて美禰《みね》子《こ》と看護婦が散歩している姿を見掛けたのである。ここのところは、この作品の中でも、とりわけ印象的な場面である。

女二人は、申し合わせたように用のない歩き方をして、坂を下りてくる。


坂の下に石橋がある。渡らなければ真直《まっす》ぐに理科大学の方に出る。渡れば水際《みずぎわ》を伝って此方《こちら》へ来る。二人は石橋を渡った。

団扇はもう翳していない。左の手に白い小さな花を持って、それを嗅《か》ぎながら来る。嗅ぎながら、鼻の下に宛《あ》てがった花を見ながら、歩くので、眼は伏せている。それで三四郎から一間ばかりの所へ来てひょいと留った。

「これは何でしょう」と云って、仰向いた。頭の上には大きな椎《しい》の木が、日の目の洩《も》らない程厚い葉を茂らして、丸い形に、水際まで張り出していた。

「これは椎」と看護婦が云った。まるで子どもに物を教える様であった。

「そう。実は生《な》っていないの」と云いながら、仰向いた顔を元へ戻す。その拍子に三四郎を一目見た。三四郎は慥《たしか》に女の黒眼の動く刹那《せつな》を意識した。その時色彩の感じは悉く消えて、何とも云えぬ或物に出逢った。その或物は汽車の女に「あなたは度胸のない方ですね」と云われた時の感じと何処《どこ》か似通っている。三四郎は恐ろしくなった。

二人の女は三四郎の前を通り過ぎる。若い方が今まで嗅いでいた白い花を三四郎の前に落して行った。

このとき、三四郎はたしかに女の「黒眼の動く刹那」を意識したのである。そこには汽車の女に言われたことと通ずるものがあり、三四郎は無意識のうちに、得《え》も言えぬソフトな性的刺激を受け取っていた。

美禰子にしても、このとき三四郎を見てなにかを感じ、黒目を動かしたものと思われる。それが証拠に、美禰子はのちになっても、三四郎と池の端で会ったときのことを覚えていた。しかも、美禰子はわざとか、そうでないかはわからないが、三四郎の前を通り過ぎる際に、それまで嗅いでいた白い花を三四郎の前に落して行っている。美禰子が三四郎の存在になにかを感じていたのは、十分に考えられる。

三四郎は茫然《ぼんやり》していた。やがて、小さな声で「矛盾だ」と云った。大学の空気とあの女が矛盾なのだか、あの色彩〈白い花〉とあの眼付が矛盾なのだか、あの女を見て、汽車の女を思い出したのが矛盾なのだか、それとも未来に対する自分の方針が二途《ふたみち》に矛盾しているのか、又は非常に嬉《うれ》しいものに対して恐《おそれ》を抱《いだ》く所が矛盾しているのか、――この田舎出の青年には、凡《すべ》て解《わか》らなかった。ただ何だか矛盾であった。

ここで述べられている「矛盾」が、『三四郎』という小説の内容を凝縮して示している。三四郎の儚《はかな》い恋と、不確かな青春を予感させるのである。これより三四郎の個性〈自我〉は、第二のステージに進む。

作者が説明しているように、美禰子には「無意識の偽善者」のところがあり、無意識のうちに男を誘惑している。三四郎はあとあとまで、こんな美禰子の無意識の偽善〈演技〉に振り回されるのである。

三

後日、三四郎は野々宮に届け物を頼まれて、彼の妹のよし子が入院している大学病院に行った。病室に行き、そこでの用事を済ませて部屋を出ると、廊下の向こうのほうに池の女が立っている。このとき、三四郎ははっと驚いて、歩き始めた歩調に狂いが生じた。三四郎は相手のことを相当に意識していたのである。

廊下ですれ違うとき、池の女が声を掛けてきたが、これはいかにも都会の女の洗練された所作であった。

女は腰を曲《かが》めた。三四郎は知らぬ人に礼をされて驚いたと云うよりも、寧ろ礼の仕方の巧《たくみ》なのに驚いた。腰から上が、風に乗る紙の様にふわりと前に落ちた。しかも早い。それで、ある角度まで来て苦もなく確然《はっきり》と留った。無論習って覚えたものではない。

「一寸伺いますが……」と云う声が白い歯の間から出た。きりりとしている。然し鷹揚《おうよう》である。

相手はまさしく新しい世界の魅力的な女であった。上流家庭に育った女の優雅さが見事に表現されている。野々宮の妹の病室を教えてからも、三四郎は歩き出した相手の後ろ姿を見守っていた。五、六歩いて、三四郎の足はぴたりと止まった。彼女の結んだリボンが、野々宮が兼安《かねやす》〔西洋小間物屋〕で買ったものと同じであることに気付いたのである。

三四郎の魂がふわつき出した。講義を聴いても、遠くに聞こえる。詰まらない。最近教室で知り合った与次郎に言うと、「講義が面白い訳がない。君は田舎者だから、今に偉い事になると思って、今日まで辛抱して聞いていたんだろう。愚の至りだ。彼等の講義は開闢《かいびゃく》以来こんなもんだ。今更失望したって仕方がないや」と、驚くようなことを平気で言った。

大学での最初の友人が与次郎である。彼は広田先生の家に書生として住み込んでおり、いささかませたところがあった。三四郎と知り合うと、彼独特の感想を交えて、いろいろなことを解説してくれた。

三四郎を高度な知的雰囲気のある広田先生のグループに引き入れたのも、この与次郎である。あとでわかるのであるが、広田先生は、上京する汽車の中で出会った髭の男であった。ちなみに、広田先生は一高〔東大教養学部の前身〕で英語を教えており、野々宮はかつての教え子なのである。

与次郎は授業の合間に三四郎とよくしゃべり、親しくなると、広田先生の引っ越しの手伝いを頼んだ。

その日、三四郎が新しい住まいに行くと、まだ荷物は着いていない。庭から入ると、中はがらんとしている。三四郎はまずは座敷の縁側に腰を下ろした。

腰を下ろしたまま庭の様子を眺めていると、庭木戸がすうと開いた。そして、思いも寄らぬ池の女が庭の中に現れた。三四郎は腰を上げた。

「失礼で御座いますが、……」

女はこの句を冒頭において、会釈《えしゃく》した。腰から上を例の通り前へ浮かしたが、顔は決して下げない。女は会釈しながら、三四郎を見詰めている。その眼が三四郎の眸《ひとみ》に映った。

二三日前、三四郎は美学の教師からグルーズ〈一八世紀のフランスの画家〉の画《え》を見せてもらった。その時美学の教師が、この人の画《か》いた女の肖像は悉くヴォラプチュアス〈肉感的〉な表情に富んでいると説明した。ヴォラプチュアス！　池の女のこの時の眼付を形容するには、これより外に言葉がない。何か訴えている。艶《えん》なるあるものを訴えている。そうして正《まさ》しく官能に訴えている。けれども官能の骨を透《とお》して髄に徹する訴え方である。甘いものに堪え得る程度を超えて、烈しい刺激と変ずる訴え方である。甘いと云わんよりは苦痛である。卑《いや》しく媚《こ》びるとは無論違う。見られるものの方が、是非媚びたくなる程に残酷な眼付である。

作者はこの場面において、女の眼の底知れぬ魅力を、次々と気合いを入れて表現しようとしている。三四郎は女の魅力に取り憑《つ》かれているが、それに対して自分から反応することはできない。

「広田さんの御移転になるのは、こちらで御座いますか?」

「はあ、ここです」

田舎出の青年だからか、三四郎の性格なのか、会話はむしろぶっきらぼうである。全篇を通じて、三四郎は最後の最後になるまで、積極的な動きは見せない。

やがて池の女は名をなのり、三四郎といっしょに家の掃除を始めた。彼女はてきぱきと動き、三四郎も働いて、掃除が終わった頃には、ふたりともだいぶ親しくなった。

与次郎が荷車を引いてやってきた。やがて広田先生もやってきた。引っ越しの作業が終わると、美禰子が用意してきたサンドウィッチを、みんなで食べた。

四

三四郎の下宿に、美禰子から菊人形を観に行こうという誘いの葉書が来た。その字は、池の端で美禰子と出逢ったあとにやってきた野々宮が、ポケットを探って取り出した封筒の上書きの字に似ていた。三四郎は葉書を何度も読み直した。

団子坂の菊人形には、広田先生と、野々宮とその妹のよし子、それに三四郎と美禰子、の五人が行った。与次郎は大論文を書くと言って、一行に加わらなかった。

菊人形の会場は相当に混雑していた。よし子は余念なく菊人形を眺めており、広田先生と野々宮はしきりに話をしている。野々宮は竹の手摺《てす》りから手を出して、菊の根を指差しながら、なにか熱心に説明している。教養豊かな知識人であるこのふたりは、話がとても合うらしい。やがて美禰子は見物人に押されて、さっさと出口のほうに向かった。三四郎は群衆を押し分けながら、美禰子のあとを追った。

三四郎はようやくのことで、美禰子の側まで来た。名を呼んでも、彼女はなにも答えない。黒い眼をさも物憂《う》そうに三四郎の顔の上に据えた。そのとき、三四郎は美禰子の二重瞼に不思議なある意味を認めた。その意味のうちには、霊の疲れがある、肉の弛《ゆる》みがある、苦痛に近き訴えがある。

「もう出ましょう」

美禰子に言われて、三四郎もいっしょに人混みの中を谷中《やなか》のほうに歩いていった。やがて人のいない野原に出た。

美禰子が草の上に腰を下ろすと、三四郎もその横に座った。ふたりの足の下には小さな川が流れている。

そのうち、三四郎は広田先生や野々宮のことが気に掛かってきた。迷子《まいご》になった自分たちを捜しているかもしれない。

三四郎は「そろそろ帰りましょうか」と、言った。

美禰子は三四郎を見た。三四郎は上げかけた腰を又草の上に卸した。その時三四郎はこの女にはとても叶わない様な気が何処かでした。同時に自分の腹を見抜かれたという自覚に伴う一種の屈辱をかすかに感じた。

「迷子」

女は三四郎を見たままでこの一言を繰返した。三四郎は答えなかった。

「迷子の英訳を知っていらしって」

三四郎は知るとも、知らぬとも言い得ぬ程に、この問を予期していなかった。

「教えて上げましょうか」

「ええ」

「迷える子《ストレイシープ》――解って？」

迷える子《ストレイシープ》という言葉は、解ったようでもある。また解らないようでもある。解る解らないは、この言葉の意味よりも、むしろこの言葉を使った女の意味である。三四郎はいたずらに女の顔を眺めて黙っていた。すると女は急に真面目《まじめ》になった。

「私そんなに生意気に見えますか?」

その調子には弁解の心持ちがある。三四郎は意外の感に打たれた。いままでは霧の中にいた。霧が晴れれば好いと思っていた。この言葉で霧が晴れた。明瞭《めいりょう》な女が出てきた。晴れたのが恨めしい気がする。

三四郎は返答に窮して、ただ黙って相手を眺めていた。野々宮さんに言われたのか?

ふたりは歩き出した。帰り道に泥濘《ぬかるみ》があった。一メートルばかり、上が凹《へこ》んで水がぴたぴたに溜まっている。その真ん中に足掛かりのために石が置かれている。

三四郎はすぐに向こうに飛んだ。美禰子は泥濘の真ん中にある石へ足を乗せた。石の据《す》わりがあまりよくない。足もとがぐらつく。

美禰子はその石を踏んで、ひらりと渡った。力が余って、腰が浮いた。のめりそうに胸が前に出る。その勢いで、美禰子の両手が三四郎の両腕の上へ落ちた。

「迷える子《ストレイシープ》」と、美禰子が口の内で言った。三四郎はその呼吸《いき》を感ずることができた。

五

このことがあってから、三四郎は教室での授業中、講義ノートに英語のスペルでストレイシープ、ストレイシープと上の空で書き続けた。それを与次郎に見つかっている。

その後、美禰子が寄こした絵葉書を受け取った。小川のほとりの草むらに、二匹の羊が寝ている絵葉書である。表の差出人の名は、小さな字で迷える子と書いてあった。

三四郎は、二匹の羊が美禰子と自分であることがわかって、気持ちが浮き立った。

迷《ストレイシープ》羊という言葉は、新訳聖書のマタイ伝にある言葉であるが、この言葉は、おのずと美禰子の教養の豊かさを示している。作者は巧みに、この言葉をこの作品のキーワードとして使っている。

美禰子は上流の家庭に育ち、当時としては珍しく、英文学を学んだり、ヴァイオリンを習ったり、キリスト教の教会に通ったりしていた。キリスト教は、近代を迎えたばかりの当時としては、ハイカラな教養であった。

三四郎は悩みがあって、広田先生の家に遊びに行った。広田先生からは雑談のうちに人生論や文明論など、いろいろなことを聞かせてもらえる。

三四郎は近頃女に囚《とら》われた。恋人に囚われたのなら、却《かえ》って面白いが、惚《ほ》れられているんだか、馬鹿にされているんだか、怖がって可いんだか、蔑《さげす》んで可いんだか、廃《よ》すべきだか、続け〔る〕べきだか訳の分からない囚われ方である。三四郎は忌々《いまいま》しくなった。

そう云う時は広田さんに限る。三十分程先生と相対していると心持が悠揚になる。女の一人や二人どうなっても構わないと思う。実を云うと、三四郎が今夜出掛けて来たのは七分方《がた》この意味である。

田舎出のうぶな青年は、いまは自分の無意識の世界を、不器用に、自分なりに分析しようとしているのである。自分の心の中がよくわからない。三四郎は女に対しては、まだ手探りの状態にある。それでも、心の奥の本音の部分では、どこかで美禰子に苦しんでいた。美禰子の傍らに野々宮を置いて考えると、なお苦しくなってくるのだ。

実を言うと、美禰子と野々宮の関係がどんなものであるかを聞き出すことが、ここにやってきた理由の一つであった。広田先生は野々宮と親しいから、聞き出せると思っていたのである。

広田先生のほうは、そんなこととは無縁の世界の人であった。野々宮の結婚のことを聞こうとすると、「いいのを周旋してやりたまえ」と、軽くいなされた。

六

あるとき、与次郎が三四郎に借金を申し込んだ。よくよく聞くと、馬券を買ってスッてしまったらしい。結局、三四郎は与次郎に二十円を貸してやった。

その後、与次郎は金策ができたと言ってきた。用立てるのは美禰子である。しかし、与次郎の言うことによると、美禰子の意向としては、金は与次郎には渡さず、三四郎に渡すと言う。

三四郎は夜になって、このことの意味を考えた。ただ金を貸してくれるだけでも充分な好意である。自分に会って手渡したいというのは、——三四郎はここまでうぬぼれてみたが、「やっぱり愚弄《ぐろう》じゃないか」と考え出して、急に赤くなった。

翌日になると、三四郎は意を決して美禰子の家を訪ねた。

下女に導かれて応接室に入り、椅子に座った。奥のほうでヴァイオリンの音がする。それはどこからか、風が持ってきて棄てていったように、すぐに消えてしまった。三四郎は惜しい気がする。厚く張った椅子の背に凭《よ》り掛かって、もうすこしやればいいが、と思って耳を澄ましていたが、音はそれっきりで止んだ。

やがて美禰子が応接室にやってきて、三四郎の正面に腰を下ろした。

「とうとういらしった」

美禰子は親しい調子で言った。三四郎は、この一言が嬉しく聞こえた。

美禰子は綺麗な着物に着替えて、端然と座っている。眼と口に笑みを帯びて無言のまま三四郎を見守った姿に、男はむしろ甘い苦しみを感じた。

三四郎は美禰子といっしょに家を出た。ふたり連れ立って歩きながら、三四郎は始終美禰子のことを考えている。

この女はわがままに育ったに違いない。裕福な家庭にいて、普通の女性《にょしょう》以上の自由を有して、万事意のごとく振る舞うに違いない。こうしてだれの許諾も経ずに、自分といっしょに、往来を歩くのでもわかる。

本郷四丁目の角に来ると、美禰子は三四郎を銀行の前に連れて行き、里見美禰子殿と書いた通帳と印鑑を、三四郎に手渡した。この時代に銀行を利用する人間はそれほど多くはない。金高を聞くと、「三十円」と言った。

三十円を下ろして銀行を出ると、美禰子はもう向こうに歩き出していた。三四郎が金を渡そうとすると、美禰子は話をそらせて、原田画伯の属している丹青会の展覧会に、いっしょに観に行こうと誘った。原田は広田先生と付き合いのある画家で、美禰子をモデルにして絵を描《か》いている。

ふたりはそのまま丹青会の展覧会場に向かった。会場に入ると、美禰子は向こうから「里見さん」と声を掛けられた。

事務室の入口に、声の主の原田が立っている。その後ろには野々宮がいた。美禰子はふたりに挨拶する前に、目立たぬように三四郎に身を寄せ、三四郎の耳になにやらささやいた。意味はよく聞き取れなかったが、彼女はそのままふたりのほうに行って挨拶した。

野々宮は三四郎を見ると、「妙な連れと来ましたね」と言った。これは彼の精いっぱいの皮肉であろう。

三四郎がなにか答えようとするうちに、美禰子が「似合うでしょう」と言った。きつい挑発的な冗談である。野々宮はなんとも言わず、くるりとうしろを向いた。

絵を観てからあと、三四郎と美禰子はふたりで会場を出た。

「悪くって？　先刻《さっき》のこと」

「可いです」

「だって」と云いながら、寄って来た。「私《わたくし》、何故だか、ああ為《し》たかったんですもの。野々宮さんに失礼する積もりじゃないんですけれども」
女は瞳《ひとみ》を定めて、三四郎を見た。三四郎はその瞳の中に言葉より深き訴《うったえ》を認めた。――必竟《ひっきょう》あなたの為《ため》にした事じゃありませんかと、二重瞼《ふたえまぶた》の奥で訴えている。

ここで、作者はかなり突っ込んで美禰子の気持ちを表現している。これまでも美禰子は三四郎にモーションを掛けているが、三四郎は彼女の気持ちに、十分な反応はできていない。汽車の女の場合とよく似ている。

雨がすこし降り出した。ふたりは肩を寄せ合って歩いた。美禰子が雨の音の中で、「さっきのお金をお遣いなさい」と言った。
「借りましょう。要るだけ」と答えた。
「みんな、お遣いなさい」と、相手は言った。

七

三四郎は与次郎に呼ばれて、「偉大なる暗闇」という評論の載っている雑誌を見せられた。筆者の零余子《れいよし》は与次郎の筆名である。

これから与次郎の、広田先生を一高から東京帝大英文科の教授に転籍させる画策が始まる。もちろん、広田先生はなにも知らない。

東京帝大英文科の教授と一高の教授とでは、格段に位が違う。一高は外国語教育の語学教師に過ぎないが、東京帝大英文科の教授は、英文学の講義を行うトップの座である。

漱石自身について言うと、朝日新聞社に入社する以前は、東京帝大英文科講師と一高教授を兼任していて、相当な高給を得ていた。抜群の学識を買われて、英文科の講座の教授になることが約束されていたのに、それを投げ棄てた。広田先生とは大違いなのである。

与次郎は、学生集会所に有志の学生を集めて、学生側の世論を作ろうとした。

その上に、与次郎は広田先生の転籍運動のために、会を催した。広田先生も参加するさりげない文化人の懇親会である。三四郎は与次郎の勧めで、精養軒の会に出た。与次郎の意図は、参加者の会話がはずんで、それなりに成功した。

帰り道、月明かりの下で、会の成功で気をよくしている与次郎は、三四郎に「己《おれ》が君に金を返さなければこそ、君が美禰子さんから金を借りる事ができたんだ」と、言った。

そしてまた、「君、あの女を愛しているんだろう?」と、訊ねた。

与次郎はよく知っている。三四郎はふんと言って、高い月を見た。月の側に白い雲が出た。

美禰子から借りた金の話に戻ると、与次郎は、「いつまでも借りて置いてやれ」と、調子のいいことを言った。しかし、与次郎からそんなことを言われても、三四郎のほうはそうもいかず、郷里の母に送金を頼んだ。

与次郎の奔走に拘《かか》わらず、広田先生を東京帝大に転籍させようとする与次郎の企みは、とんでもない事態を呼び起こした。

与次郎の余計な運動が裏目に出た。彼の書いた「偉大なる暗闇」が、転籍を狙う広田先生が門下生に書かせたものだ、という新聞記事が出たのである。その上、零余子という筆名は、文科大学〔文学部〕の小川三四郎のことである、とまで書かれている。

この醜態については、与次郎は広田先生に正直に話して、許しを得たようであった。

郷里から金が来ると、三四郎は美禰子に返そうと心に決めて、与次郎にそのことを話した。与次郎は、彼女は原田画伯のアトリエで絵のモデルになっていると言って、原田の住所を教えてくれた。三四郎は原田のアトリエに訪ねていった。

原田画伯は絵筆を握って、絵の制作に熱中している。モデルになった美禰子は、突き当たりの正面に団扇を翳《かざ》して立っている。池の女の再現である。

三四郎に気が付くと、美禰子の表情がなんとなく曇った。なにか変だ。原田はいろいろと話題を変えてしゃべり続けていたが、絵を描くのが思わしくなくなって、やがて描くのを諦め、きょうはもうやめにしよう、と言った。

美禰子と三四郎はいっしょに原田画伯の家を出た。ふたりは無言で歩いた。

やがて、女の方から口を利き出した。

「今日何か原田さんに御用が御有りだったの」

「いいえ、用事はなかったです」

「じゃ、ただ遊びにいらしったの」

「いいえ、遊びに行ったのではありません」

「じゃ、何んでいらしったの」

三四郎はこの瞬間を捕えた。

「あなたに会いに行ったのです」

三四郎はこれで云えるだけの事を悉く云った積りである。すると、女はすこしも刺激に感じない、しかも、例《いつも》の如《ごと》く男を酔わせる調子で、

「御金は、彼所《あすこ》じゃ頂けないのよ」と云った。三四郎は落胆《がっかり》した。

二人は又無言で五六間来た。三四郎は突然口を開いた。

「本当は金を返しに行ったのじゃありません」

美禰子はしばらく返事をしなかった。やがて、静かに云った。

「御金は私も要りません。持っていらっしゃい」

三四郎は堪えられなくなった。急に、

「ただ、あなたに会いたいから行ったのです」……

女は三四郎を見なかった。


三四郎はやっとの思いで、自分の秘めた気持ちを告白した。積極的な行動の取れない三四郎にしては、清水《きよみず》の舞台から飛び降りる覚悟の、よくよくの振る舞いである。

しかし、これは遅きに失した決断であった。すでに美禰子は三四郎との関係に見切りをつけていたのである。

向こうから人力車が駈けてきた。遠くから見ても色艶の好い男が乗っている。彼は黒い帽子を被《かぶ》って、金縁の眼鏡を掛けている。近くまで来ると、人力車が止まった。車から降りてきた男は、背のすらりと高い、細面の立派な人であった。裕福な家庭に育った、実業界で出世しそうな好青年である。

その男は美禰子に、遅いから迎えに来た、と笑いながら言った。そして、「早く行こう。兄さんも待っている」と言った。三四郎は問題にされていない。

下宿へ曲がるべき横町の角に立っていた三四郎は、もう立ち去るしかない。金はとうとう返さずに別れた。

八

その後、三四郎は与次郎に切符をもらって、文芸協会〔坪内逍遙、島村抱月らの作った日本最初の劇団〕の芝居を観に行った。芝居の合間に廊下に出ると、美禰子とよし子が立っており、そこに以前美禰子を迎えに来た男が現れた。それを眼にした三四郎は、もう元の席には戻らず、表に出た。胸がいつまでも疼く。

暗い夜を歩いて、下宿に帰り着くと、雨の音を聞きながら眠った。

翌日、起きるとすこし熱がした。ひと寝入りすると、こんどは汗が出た。どうやら風邪を引いたらしい。

野々宮の妹のよし子が見舞いに来たとき、三四郎は美禰子の縁談のことを訊ねた。すると、よし子はもう話は纏《まと》まっていると言い、「私を貰うと云った方なの。ほほほ可笑《おかし》いでしょう。美禰子さんの御兄《おあにい》さんの御友達よ」と言った。

よし子は健気《けなげ》に笑いながら言っているが、これは相当に深刻な話であろう。自分の結婚相手を親友に奪われた形なので、本来は平静でいるのは難しいはずである。

あるいは、よし子は密かに三四郎のことを想っていて、平静でいられたのかもしれない。もちろん、三四郎はそんなことは知らない。与次郎が以前，よし子を嫁にもらえ，と三四郎に勧めたことがあったが、三四郎は取り合っていない。

三四郎はこの風邪で、数日間寝込んだ。精神的にも大きい打撃を受けていたのは、間違いないであろう。

五日目にやっと起き上がった。亡者《もうじゃ》の相があった。思い切って床屋に行った。翌日は日曜日である。

三四郎は外套《がいとう》を着て、美禰子に会いに行った。よし子に聞くと、教会に行っていると言う。三四郎は教会に行った。教会の中から讃美歌が聞こえてきた。空に美禰子の好きな雲が出ている。

かつて美禰子といっしょに秋の空を見たこともあった。引っ越しのときの広田先生の家でである。草原に流れる小川の縁に坐ったこともあった。そのときも一人ではなかった。迷羊《ストレイシープ》。迷羊。雲が羊の形をしている。

外で待っていると、やがて教会の中から人が出てきた。最後のほうになって、ようやく美禰子も出てきた。

ふたりは説教の掲示板のところで、互いに近寄った。

三四郎は外套のポケットから半紙に包んだものを取り出した。「拝借した金です。永々有難《ありがと》う。返そう返そうと思って、つい遅くなった」と言った。美禰子はちょっと三四郎の顔を見たが、そのまま逆らわずに、紙包みを受け取った。

女は紙包を懐《ふところ》に入れた。その手を吾妻コートから出した時、白い手帛《ハンケチ》を持っていた。鼻の所に宛《あ》てて、三四郎を見ている。手帛《ハンケチ》を嗅《か》ぐ様子でもある。やがて、その手を不意に延ばした。手帛《ハンケチ》が三四郎の顔の前に来た。鋭い香《かおり》がぷんとする。

「ヘリオトロープ」と女が静かに云った。三四郎は思わず顔を後へ引いた。ヘリオトロープの罎《びん》、四丁目の夕暮、迷羊《ストレイシープ》、迷羊《ストレイシープ》。空には高い日が明《あきら》かに懸る。

「結婚なさるそうですね」

美禰子は白い手帛《ハンケチ》を袂《たもと》へ落した。

「御存じなの」と云いながら、二重瞼《ふたえまぶた》を細目にして、男の顔を見た。三四郎を遠くに置いて、却って遠くにいるのを気遣い過ぎた眼付である。その癖眉《まゆ》だけは明確《はっきり》落ちついている。三四郎は舌が上顎へ密着《ひっつい》てしまった。

女はややしばらく三四郎を眺めた後、聞兼《ききかね》る程の溜息《ためいき》をかすかに漏らした。やがて細い手を濃い眉の上に加えて云った。

「われは我が愆《とが》を知る。我が罪は我が前にあり」

聞き取れない位な声であった。それを三四郎は明かに聞き取った。三四郎と美禰子は斯様《かよう》にして別れた。


美禰子が彼女なりの愛を三四郎に抱いていたのは、この場面で「溜息をかすかに漏らした」ことからも見て取れる。美禰子の心に生じた愛惜《あいせき》の情は、『草枕』の那美さんが最後に見せた「憐れ」と同質であろう。

美禰子の気持ちは微妙なのである。ヘリオトロープは、以前三四郎が本郷四丁目の唐物屋《とうぶつや》〔洋品店〕に行ったとき、そこで出会った美禰子に選んでやったものである。

しかし、美禰子は、いまはすでに気持ちを切り換えていた。冷静に、優雅に、別れの言葉を口にしている。この旧約聖書の言葉は非常に印象的である。

この言葉は、美禰子の教養の豊かさをうまく表現している。旧約聖書の言葉を借りて、自分に罪の意識があることをそっと述べるあたり、美禰子の手並みは相当なものである。

旧約聖書の言葉にしても、香水のヘリオトロープにしても、この小説では、非常に効果的に使われている。

この場面では、女のほうは落ち着いており、男のほうは緊張して、口をひどく渇かしている。

手遅れであることは、汽車の女の場合と違わない。

そもそも、美禰子は三四郎の手に負える女性ではなかった。美禰子の気持ちに揺れがあったにしても、三四郎は初めから勝負にならない土俵に上がっていたのである。学者の野々宮にしても、女性の扱い方をよく知らず、恋愛の対照としては物足りなさがあり、美禰子にとっては、純朴な三四郎とそれほど変わりはない。

美禰子は、結果的にふたりの男を翻弄した。しっかりした自我を持って自由に行動する美禰子は、結婚に関しても、自分で、自分に相応《ふさわ》しい相手を選んでいたのである。

九

原口画伯の絵が完成して、展覧会場の正面に掛けられた。

美禰子は夫に連れられて、二日目にやってきた。夫は嬉しそうに絵を眺め、原田に鄭重な礼を述べた。

広田先生と野々宮、それに与次郎と三四郎は、開会後第一の土曜日の午後に四人いっしょにやってきた。彼らは真っ先に「森の女」の前に来た。

この団扇を翳《かざ》した「森の女」のモデルは、三四郎の青春に、得《え》も言えぬ貴重な時間をもたらした「池の女」である。三四郎はみんなの後ろにいた。

野々宮さんは目録に記号《しるし》を付ける為に、隠袋《かくし》へ手を入れて鉛筆を探した。鉛筆がなくって、一枚の活版摺《かっぱんずり》の葉書が出て来た。見ると、美禰子の結婚披露の招待状であった。野々宮さんは広田先生と一所にフロックコートで出席した。三四郎は帰京〈帰省していた〉の当日この招待状を下宿の机の上に見た。時期は既に過ぎていた。


野々宮さんは、招待状を引き千切って床の上に棄《す》てた。やがて先生と共に外の画の評に取り掛る。与次郎だけが三四郎の傍へ来た。

「どうだ森の女は」

「森の女と云う題が悪い」

「じゃ、何とすれば好いんだ」

三四郎は何とも答えなかった。ただ口の内で迷羊《ストレイシープ》、迷羊《ストレイシープ》と繰返した。


見事な終り方である。迷羊《ストレイシープ》がよく利いている。この言葉は、三四郎と美禰子の青春の、そして人生の、不確実な未来を象徴的に示している。三四郎の淡い恋も、おそらくは美禰子の結婚も、迷羊《ストレイシープ》のように縹渺《ひょうびょう》としている。

三四郎は果てしなき青雲に漂いながら、ようやく大人の入口に立った。いろいろと危なっかしい経験をしながらも、広田先生や与次郎たちとの交際を勘案《かんあん》すると、これからの成長をほのかに予感させる。

美禰子に袖《そで》にされた甘酸《あまず》っぱい失恋は、三四郎に、自分の内に潜む真の欲求を意識させる緒《いとぐち》となった。広田先生グループとの交際も、自我が第二のステージに進んだ三四郎の、成長の糧《かて》となるはずである。

しかし、その前途は必ずしも輝かしいものとは限らない。次作の『それから』などから推測すると、楽観できない未来が、三四郎を待ち受けているかもしれない。

新しい世界に入った三四郎の、初々《ういうい》しくも充実した東京での青春を、ときに淡く、ときに濃く、いきいきと描き出した『三四郎』は、出色の青春小説と言うことができるであろう。

第五章　『それから』ナビ

一

『それから』は、一九〇九年（明治四二年）に『朝日新聞』に連載された。『三四郎』『それから』『門』の順で執筆された前期三部作の二番目の作品である。

『それから』では、前作の『三四郎』と同じく美文調の文章が減り、過剰な修飾語も抑制されて、非常に読みやすくなっている。ここまで来ると、内容の充実と相俟《あいま》って、完全に近代小説と称するに足る。

この作品は、主人公である代助の目覚めから始まる。

だれかが慌ただしく門前を駆けていく物音で、眠っていた代助は目を覚ました。彼の頭に空《くう》からぶら下がっていた俎下駄《まないた》〔平たい下駄〕は、足音の遠のくに従って、すっと頭から抜け出して消えた。そして、目が覚めたのである。

しばらくうたた寝して、また目が覚めた。彼は急に思い出したように、寝ながら胸の上に手を当てて、心臓の鼓動を検しはじめた。寝ながら胸の脈を聴いてみるのは、彼の近来の癖になっている。

動悸《どうき》は相変らず落ち付いて確《たしか》に打っていた。彼は胸に手を当てたまま、この鼓動の下に、温かい紅《くれない》の血潮の緩く流れる様を想像してみた。これが命であると考えた。自分は今流れる命を掌《てのひら》で抑えているんだと考えた。それから、この掌に応える、時計の針に似た響は、自分を死に誘《いざな》う警鐘の様なものであると考えた。

（略）

彼は健全に生きていながら、この生きているという大丈夫な事実を、殆《ほとん》ど奇蹟《きせき》の如《ごと》き僥倖《ぎょうこう》とのみ自覚し出す事さえある。

代助の朝はいかにも暇である。異常なまでに身体に神経を働かせて、自分の命を大事がっている。健全に生きていられることを僥倖とさえ思っている。それは無意識の不安の裏返しとも言えるであろう。代助の不安は、旧弊《きゅうへい》な俗人より先に近代的自我に目覚めたインテリの、神経衰弱的な不安なのである。

やがて、代助は心臓から手を放して、枕元の新聞を取り上げた。夜具の中から手を出して、大きく左右に開くと、左側に男が女を斬っている絵があった。

代助はしばらく新聞を読んだあと、起ち上がって風呂場に行き、其所で丁寧に歯を磨いた。彼は歯並びの好いのをつねに嬉しく思っている。肌を脱いで綺麗に胸と背を摩擦した。彼の皮膚には濃《こま》やかな一種の光沢《つや》がある。

代助はそのふっくらした頬を、両手で両三度撫でながら、鏡の前にわが顔を映していた。まるで女が御白粉《おしろい》を付ける時の手付と一般であった。実際彼は必要があれば、御白粉さえ付けかねぬ程に、肉体に誇を置く人である。彼の尤《もっと》も嫌うのは羅漢《らかん》の様な骨格《こっかく》と相好《そうごう》で、鏡に向かうたんびに、あんな顔に生まれなくって、まあ可《よ》かったと思う位である。その代り人から御洒落と云われても、何の苦痛も感じない。それ程彼は旧時代の日本を乗り超えている。

代助は、自分のことを格別に顧慮する点では、これまでの日本社会に見られない、俗人とは異なる「個人主義」の近代人と言い得るであろう。

代助は、三十歳に近い独身者で、東京帝大を卒業しているのであるが、職には就いていない。実業界で成功した父からの仕送りで、平穏に、優雅に過ごしている。一戸を構え、婆さんの下女と年若い書生を住まわせて、なに不自由なく暮らしている。

彼は高等遊民と言うべき結構な身分であった。十九世紀のロシア文学に現れた余計者《よけいもの》と同じ種類の人間である。「余計者」とは、才能と資産に恵まれながら現実社会に背を向けた、無職のインテリゲンチャーを指す。

漱石は相当にロシア文学を読んでおり、余計者からヒントを得て、旧い意識のままの俗人とは異なる、新しい型の人間像を創作しようとした可能性がある。『こころ』の自殺した先生とも通ずるところがある。

二

書生の門野が代助に、郵便が届いていると知らせた。葉書と封書である。葉書のほうは旧友の平岡からのもので、今日の二時東京に着いた、神保町の宿屋にいる、と乱暴な字で書いてあった。

封書のほうは父からのもので、話があるから、この手紙が着いたら家に出向いてくるように、とあった。父には、今日は都合が悪い、明日か明後日に行く、と門野に電話させた。問題は平岡からの葉書である。

代助は組み重ねの書棚の前に行った。重い写真帳を取り出して、一枚二枚と繰り始め、中頃までできて、ぴたりと手を止めた。そこには二十歳くらいの女の半身がある。代助は眼を伏せて、じっと女の顔を見詰めた。

神保町の平岡の泊まっている宿屋に出向いていくより前に、平岡のほうが訪ねてきた。代助は玄関まで行って、手を執《と》らぬばかりにして旧友を座敷へ上げた。

代助と平岡は中学時代からの親友で、大学も同じであった。卒業後の一年間は兄弟のように親しく行き来した。その時分は互いにすべてを打ち明けて、互いに助け合おうと話していた。相手のために犠牲になることさえ厭わない気持ちであった。

そうした時期から一年後、平岡は結婚し、勤務先の銀行の関西にある支店に、新妻と赴任していくことになった。代助は愉快そうに新夫婦を新橋の停車場《ステイション》〔汽車の起点〕に見送った。しかし、平岡の眼鏡の奥に得意の色を見たとき、急にこの親友を憎らしく思った。新妻を得て幸せそうにしている相手に、嫉妬に似た感情を抱いた。

平岡が今回訪ねてきたのは、頼み事があったからである。彼は葉書に、急に転職する気になったので、上京の節はよろしく頼む、と書いていた。

夕食を共にし、酒を呑んでいるうちに、平岡はやっと昔の感じを取り戻し、転職を望むに至った事情をしゃべり出した。

平岡の話によると、自分の部下が銀行の金を使い込んで、揚げ句、自分が多額の借金を背負い込み、辞職することになったらしいのである。

代助は、平岡の辞職の理由がもう一つよくわからなかったが、深追いはしなかった。そんなことに好奇心を引き起こすには、あまりに都会化し過ぎていた。二十世紀の日本に生きる彼は、三十になるかならないのに、すでにニル・アドミラリ〔無感動〕に囚《とら》われていた。

別れに際して代助は、三千代さんはどうしている、と訊ねた。平岡は妻の身体の状態があまりよくない、と言い、死んだ赤ん坊のことにも触れた。そして、妻がしきりに、君がもう奥さんを持ったろうか、と気にしていると言った。ところへ路面電車が来た。

三

代助は月に一度は必ず本家に金をもらいに行った。彼は親の金とも、兄の金ともつかぬものを使って生きている。月に一度のほかにも、退屈になれば出掛けていく。

代助のいちばんの苦手は親爺《おやじ》である。近頃は結婚問題でよく小言を言うのであるが、これまで代助は、のらりくらりとすり抜けてきた。

父が手紙で代助を呼び付けたのは、やはり結婚を半ば強制するためであった。父には、子どもが親の言うことを聞くのは当たり前という儒教倫理があるので、簡単には言い返せない。代助は追い詰められた。経済的に自立していないのが、代助の泣き所である。

父が今回持ってきた縁談は、父の命の恩人と縁《ゆかり》のある家の娘で、その家は多額納税者であった。地方の資産家である。父は、不景気に見舞われたりする不安定な実業家より、余程経済力のあるいい家柄だ、と言って勧めた。代助は曖昧《あいまい》に言葉を濁して、はっきりした返事をしなかった。

代助は、いま読み切ったばかりの洋書を机の上に開いたまま、ぼんやり両肘《ひじ》を突いて考えた。ロシアの作家アンドレーエフの『七刑人』の最後の模様を、頭の中で繰り返し、ぞっとして肩を竦《すく》めた。残酷で、無情な場面を想像すると、背中一面の皮が毛穴ごとむずむずして堪《たま》らなくなる。神経が繊細な人間だから、本来、こんな本は無理に読まなくてもいいのであるが、彼は読んだ。

漱石自身は、もう初期のように単純な正義感を表出しなくなっていたが、社会問題には無関心でなく、ロシア文学にも親しんでいた。とりわけ、アンドレーエフを好み、『それから』の最後の、赤の氾濫の場面は、アンドレーエフの『血笑記』の影響を受けているという。

『それから』を書いた翌年、大逆《たいぎゃく》事件〔幸徳秋水らの社会主義者が、明治天皇暗殺を計画したという理由で処刑された事件。十二人が死刑〕が日本中を震撼《しんかん》させた。このことからわかるように、この頃は、社会主義思想が芽生《めば》えつつあったのである。この小説においても、すでに警察が大掛かりに幸徳秋水の行動を見張っていたことに触れている。

それとは対照的に、漱石は政財界の汚職、腐敗にも注視していた。この小説では、政治家を含む大疑獄《だいぎごく》の日糖事件や、大倉組〔軍御用達の大会社〕の陸軍への牛の不正納入事件などにも言及している。実業界で活躍している代助の父と兄も、そういった汚職と無関係ではなさそうであった。

代助はまさにこうした父と兄の会社の怪しい金で、これまで優雅に暮らしてきたのである。

代助はこんな読書で過ごしながらも、親友の平岡夫妻のことが気になっていた。神保町の宿に訪ねると、平岡は洋服を着たまま、部屋の敷居の上に立って、何か急《せわ》しい調子で、細君を極《き》め付けていた。代助は何となく席に就き悪《にく》くなった。

平岡は三年前に別れた時とだいぶ変わっていた。再就職がうまくいかないからか、神経を立てて、眉をぴくつかせている。就職活動が進んでいないことが原因なのは確かであるが、夫婦生活にも問題がありそうである。

三千代は東京を離れて一年目にお産をした。生まれた子はじきに死んだが、それから心臓を痛めたと見えて、とかく具合が悪かった。そのことが、精力的な肉体の平岡との夫婦生活に、影を落としているのは間違いなかった。

四

その後、意識の底で密かに待ち設けていた三千代が、代助の家に訪ねてきた。座敷に案内された三千代は、代助の前に腰を下ろした。重ねた綺麗な手の上のほうの指には、三年前に彼が贈った真珠の指輪がはめられている。

とりとめない話をしたあと、三千代は「すこしお金の工面ができなくって？」と、肝腎の用件を切り出した。五百円ほど入り用だと言う。三千代の言葉はまるで子どものように無邪気であったが、両方の頬はぽっと赤くなっている。

代助は、自分にはそんな大口の金銭的余裕がないので、すぐにはきっちりした承知の旨を言うことができなかった。代助は三千代の蒼白い顔を見ながら、漠然と未来に不安を感じた。

書生の門野が大活躍して、平岡一家の引っ越しは無事終わった。

数日後、代助は麻布のさる邸宅で催される園遊会に呼ばれて行った。適当に挨拶をして回って、ぶらぶらと過ごしているうちに、兄と出会った。

兄は金杉橋の鰻屋《うなぎ》に誘った。代助はいい気持ちで酒を飲んだ。そのうち、平岡夫婦のことを話しはじめた。諸事情を説明して、借金をなんとかしてやりたいと言うと、兄は即座にやめておけ、と言い放った。

兄の言い分では、義理や人情や損得に関係なく、そんなものは放っておいても自ずからなんとかなるものだ、という単純な断定であった。兄はこの断定を証明するために、色々と例を挙げた。

代助は金の話はやめにして、平岡の就職を頼んだ。しかし、この件も、兄はそういう人間はご免こうむる、と相手にしなかった。

しばらくして、代助は散歩がてらに平岡の家を訪ねた。

代助は平岡といろいろと雑談して、時を過ごした。そのうち、平岡は久し振りに酒を飲もうと言い出した。三千代が酒肴《しゅこう》の準備をし、徳利を持ってお酌をした。

酒が回ってくると、平岡は議論を吹っかけてきた。「僕は失敗したさ。けれども、失敗しても働いている。又これからも働く積もりだ。君は僕の失敗したのを見て笑っている。……」と、こんな調子で代助に絡んできた。揚げ句、代助になぜ働かないのか、と詰問《きつもん》した。代助にしても言い分はあった。

「何故働かないって、そりゃ僕が悪いんじゃない。つまり世の中が悪いのだ。もっと大袈裟《おおげさ》に云うと、日本対西洋の関係が駄目だから働かないのだ。

（略）

日本は西洋から借金でもしなければ、到底立ち行《ゆ》かない国だ。それでいて、一等国を以て任じている。そうして、無理にも一等国の仲間入をしようとする。だから、あらゆる方面に向って、奥行を削って、一等国だけの間口を張っちまった。なまじい張れるから、なお悲惨なものだ。牛と競争する蛙と同じ事で、もう君、腹が裂けるよ」

代助は、自分の考えを正直に言った。それに対して、平岡は、君は金に不自由しない坊っちゃんだから、そんな悠長なことを言っているんだ、と反論した。

代助は、食うためだけの仕事は詰まらない、神聖な仕事はみんなパンから離れている、と反論した。

代助の言っていることは、いま現在食うに困っている平岡にとっては、空論にしか聞こえない。

食うに困っていない代助は、現実の厳しさを実感的には知っていないのである。いまとなっては、ふたりの議論は噛み合わなかった。

五

代助は実家に行って、嫂《あによめ》に会った。あれこれと雑談したあと、結婚問題を具体的に持ち出されないうちに、早々と借金の申し入れをした。

嫂は結婚話がまとまるならば、すぐにでも貸してくれそうな気配であったが、代助はその話には乗らず、言葉を濁してごまかした。「それじゃ、だれか好きな人がいるんでしょう？その方の名をおっしゃい」と、嫂は攻めてきた。

いまこう言われたとき、どういう訳か、不意に三千代という名が浮かんだ。代助はただ苦笑して、嫂の前に座っていた。結局、この日は、嫂からいい返事をもらうことができなかった。

不思議なことに、例の借金の件については、平岡からも三千代からもなにも言ってこない。代助はアンニュイ〔倦怠感〕を感じ出した。散歩に出てどこをどう歩いても、アンニュイは消え去らない。

三時過ぎにぼんやりと家に戻った。すると、嫂からの手紙が届いていた。この前は失礼した、その代わり二百円だけ都合して上げる、このことは父にも兄にも言わないように、と書いた書状とともに、二百円の小切手が入っていた。

代助はすぐに礼状を書いた。それから、夕食も食べずに平岡の家を訪ねた。

平岡は不在であった。それを聞いたとき、代助は話しやすいような、また話しにくいような、変な気がした。けれども三千代のほうは常の通り落ち着いている。

予期した通り、平岡はこのところ相変わらず就職のために奔走しているようであったが、この一週間ほどはあまり外に出なくなったと言う。三千代の説明によると、平岡は疲れたと言って、よく家で寝ている、でなければ酒を飲む、人が訪ねてくればなお飲む、そして、よく怒る、さかんに人を罵倒する、とのことである。

「昔と違って気が荒くなって困るわ」と言って、三千代は暗に同情を求めるような様子を示した。代助は黙っていた。

やがて、代助は懐《ふところ》から例の小切手を取り出した。

「これだけじゃ駄目ですか？」

三千代は手を伸ばして、小切手を受け取ると、「ありがとう、平岡が喜びますわ」と、静かに小切手を畳の上に置いた。

三千代の話では、平岡は、三千代が心臓を病んでぶらぶらし出すと、女遊びをはじめたらしい。そのこともあって、金に窮しているようであった。

代助は、いまの平岡に対して、隔離の感じよりも、むしろ嫌悪の念を催した。そして、向こうにも自分同様の念が萌《きざ》しているだろう、と推測した。

元来、相手のためを思う友情を優先して、三千代を平岡に周旋したのは、自分であった。

代助の、自分の気持ちを殺して行った、友情による仲立ちの行為は、平岡と三千代の幸せに関しては、結果的には失敗であった。

代助は頭のどこかで、なぜ三千代を平岡に周旋したのか、という声を聞いた。あのときは自分に正直ではなかった。「美しい友情」に酔い痴《し》れて、本当の自分の気持ちを見捨ててしまった。そう思うと、過去の自分がひどく悔やまれた。

六

代助はまた父から呼び付けられた。

父は予想通り嫁を貰えという話を、長々とした。代助は、そんなに佐川の娘を貰う必要があるんですか、と最後に聞いた。

佐川の娘というのは、父が前に持ってきた縁談の相手である。この結婚に経済的な思惑《おもわく》のある父は、代助の言葉にひどく気分を害した。父の座右の銘「誠者天之道也」〔誠ハ天ノ道ナリ〕も、父の説教する儒教道徳も、とどの詰まりは欺瞞でしかない。

軽蔑で反抗的な気分に襲われていたが、これ以上父を怒らせるとまずいので、代助はこの縁談を、はっきりとは断らなかった。

代助は書斎で、自己はなんのためにこの世に生まれてきたのか、と考えた。彼の考えによると、人間はある目的のために、生まれたものではない。これと反対に、生まれた人間には、生まれてきてはじめて、ある目的ができてくるのである。

この根本義から出立《しゅったつ》した代助は、自己本来の活動を、自己本来の目的としていた。歩きたいから歩く。すると歩くのが目的になる。考えたいから考える。すると考えるのが目的になる。それ以外の目的を以て、歩いたり、考えたりするのは、歩行と思考の堕落になる如く、自己の活動以外に一種の目的を立てて、活動するのは活動の堕落になる。従って自己全体の活動を挙げて、これを方便の具に使用するものは、自ら自己存在の目的を破壊したも同然である。

だから、代助は今日まで、自分の脳裏に願望《がんもう》、嗜欲《しよく》が起こるたび毎《ごと》に、これ等願望嗜欲を遂行するのを自己の目的として存在していた。

ここでは、代助の本来の思想が明瞭に述べられている。従来の道徳や、俗世間の義理や人情、といった枠に囚われず、自分の純粋な欲求に従って生きることこそ、代助のめざしている生き方なのである。

しかし、一方では、自分に充実した活力がないことを、自覚せずにはおれなかった。現実的には、アンニュイに陥っているのである。なにも行動していない今の自分に、生命力が不足しているのを自覚せざるを得ない。

これほど衰退した自分の心を強靱《きょうじん》にするには、もうすこし周囲の物をどうにかしなければならない。いろいろと思いを巡らせて、最後に、自分をこの薄弱な生活から救い得る方法は、ただ一つあると考えた。そして、口の内で「やっぱり、三千代さんに逢わなくちゃ不可《いか》ん」と、つぶやいた。

七

そのうち、代助は嫂《あによめ》から呼び出しを受けた。実家に行ってみると、暇があるならいっしょに歌舞伎座に行こう、と誘ってきた。もちろん、代助には暇がある。

遅れてやってきた兄が、幕の切れ目に、代助を呼んで隣の桟敷《さじき》に連れて行き、金縁の眼鏡をした紳士と、若い令嬢を紹介した。この令嬢は先の縁談の、佐川の娘であった。嫂《あによめ》に計られたのである。この場は、なんとかごまかしてやり過ごした。

代助は書斎で読書していても、なにか落ち着かない。このときの彼の苦痛は、いつものアンニュイではなかった。なにをするのも懶《ものう》いというのとは違って、なにかしなくてはいられない精神状態なのである。

翌日になると、彼はとうとうまた三千代に会いに行った。

このあいだのことを平岡に話したか、と代助が聞くと、三千代は低い声で、いいえ、と答えた。しばらく話しているうちに、「なんだって、まだ奥さんをお貰いにならないの？」と、三千代が訊ねてきた。代助はこの問いに答えることができなかった。

黙って三千代の顔を見ているうちに、代助は、三千代と差し向かいで長く座っていることの危険に、はじめて気が付いた。彼は辛うじて、いま一歩という際どいところで、踏みとどまった。

帰るとき、三千代は玄関まで送ってきて、「淋しくて不可《いけ》ないから、また来て頂戴」と言った。

代助は自分と三千代の関係を、直線的に自然の命ずる通りに発展させるか、またはその反対に出て、なにも知らなかった時に返るか、どちらかにしなければならない、と思った。その他のあらゆる中途半端の方法は、偽《いつわ》りに始まって、偽りに終わる。

彼は三千代と自分の関係を、天意によって――彼はそれを天意としか考え得られなかった――発酵《はっこう》させる事の社会的危険を承知していた。天意には叶《かな》うが、人の掟《おきて》に背《そむ》く恋は、その恋の主の死によって、始めて社会から認められるのが常であった。彼は万一の悲劇を二人の間に描いて、覚えず慄然《りつぜん》とした。

それでも代助は、最後の決定権は自分にある、と改めて覚悟を決めた。「天意」に従うのである。自己本来の欲求に、正直に生きるしかない。

ここで代助が述べている「天意」こそ、漱石の「個人主義」のキイワードと言わねばならない。ロンドン留学で悟得した「自己本位」の考えを、人間の生き方にまで深化させたものが「天意」なのである。

父も兄も嫂も平岡も、決断の地平線上には出てこなかった。彼は縁談を断ろうと決心して、実家に行った。

嫂と話しているうちに、代助は蒼白くなった顔を嫂の側に寄せて、「姉さん、私は好いた女があるんです」と、低い声で言い切った。

顔付きと言い、目付きと言い、すべての点から言って、嫂をはっと思わせないわけにいかなかった。嫂はこの短い句を、閃《ひらめ》く懐剣の如くに感じた。

八

代助は、自分の決断を父に告げる前に、どうしても三千代と会って決意を固めておく必要がある、と思った。この次父と会うときは、もう一歩もあとへ引けないように、自分のほうを拵《こしら》えておきたかったのである。

翌日は雨であった。代助は外出して、大きな白百合の花をたくさん買って、それを提げて家に帰り、二つの花瓶に分けて挿《さ》した。

代助は白百合の花を眺めながら、部屋を掩《おお》う強い香の中に、残りなく自己を放擲《ほうてき》した。そして、もう自己欺瞞《じこぎまん》とは訣別だ、と思い定めた。代助は「今日はじめて自分の自然に帰るんだ」と、胸の中で言った。

このとき、日頃感じたことのない安慰を総身《そうみ》に覚えた。彼は白百合の中に、純一無雑に平和な生命を見出した。その生命の裏にも表にも、欲得《よくとく》はなかった。利害はなかった。自己を圧迫する道徳はなかった。自由と自然とがあり、すべてが幸せであった。だから、すべてが美しかった。

やがて、三千代がやってきた。門野に、三千代を家に呼んで来るように命じていたのである。彼女の顔色は普段通り好くなかった。

部屋で百合の花の話などをしているうちに、ふたりの距離はまた昔のように近くなり、気持ちが落ち着いてきた。代助は黙って三千代の様子を窺《うかが》った。三千代は眼を伏せている。代助にはその長い睫毛《まつげ》の震える様子がよくわかった。

代助は「僕の存在には貴方が必要だ。どうしても必要だ。僕はそれだけのことを貴方に話したいために、わざわざ貴方を呼んだのです」と言い、「承知して下さい」と懇願した。

代助の言葉には、普通の愛人が用いるような甘い文彩《あや》を含んでいなかった。それでも、彼の言葉はすぐに三千代の心に達した。

代助は、「僕は三四年前に、貴方にそう打ち明けなければならなかったんです」と、辛そうに言った。

三千代は顫《ふる》える睫毛の間から、涙を頬の上に流した。

「打ち明けて下さらなくっても可《い》いから、何故」と云い掛けて、一寸躊躇《ちょっとちゅうちょ》したが、思い切って、「何故棄ててしまったんです」と云うや否や、又手帛《ハンケチ》を顔に当てて又泣いた。

「僕が悪い。堪忍《かんにん》してください」

代助は三千代の手頸《てくび》を執って、手帛を顔から離そうとした。三千代は逆らおうともしなかった。手帛は膝《ひざ》の上に落ちた。

三千代はその膝の上を見たまま、微《かす》かな声で、

「残酷だわ」と云った。小さい口元の肉が顫う様に動いた。

代助の言葉は、三千代からすると、待ちに待った求愛の告白であった。それは同時に、溜《た》まりに溜まった恨みを一気に呼び起こす、あまりにも遅い求愛の言葉であった。

三千代が「何故棄ててしまったんです」と詰《なじ》り、また「残酷だわ」と悲痛な非難の言葉を発するのは、代助がみすみす自分を平岡に回したことを言っているのであろう。

美しい友情のために彼が行ったことは、三千代の気持ちを無視した、男同士の「残酷」な談合であった。友情は「無意識の偽善」と化していたのである。

代助の「天意」による求愛は、あまりにも遅過ぎた。そのことは、いまとなると、代助にもよくわかっていた。いまはただ懺悔《ざんげ》するしかなかった。……………………

三千代は、ずっと涙ぐんで俯《う》つ向いていたが、不意に顔を上げた。

その顔には今見た不安も苦痛も殆《ほと》んど消えていた。涙さえも大抵は乾いた。頬の色は固《もと》より蒼かったが、唇は確《しか》として、動く気色はなかった。その間から、低く重い言葉が、繋《つな》がらない様に、一字ずつ出た。

「仕様がない。覚悟を極めましょう」

代助は背中から水を被《かぶ》ったように顫《ふる》えた。社会から逐《お》い放たるべき二人の魂は、ただ二人対《むか》い合って、互を穴の明く程眺めていた。

しばらくすると、三千代は急に物に襲われたように、手を顔に当てて泣き出した。ふたりは愛の刑と、愛の賜物《たまもの》とを同時に受けて、同時に両方を切実に味わった。

ここの場面は、代助と三千代の不倫の恋のクライマックスである。三千代は代助を遙かに超えて、見事なまでに決然と、おのれの「天意」に従っているのである。

九

三千代に会って、言うべきことを言ってしまった代助は、会わない前に比べると、よほど心が平和になった。

代助は父と会って話そうとしていたが、機嫌を損ねているようで、そう簡単には会ってくれなかった。重い気分で日々を過ごして、三千代のところへ行った。三千代は二人のあいだに何事も起こらなかったかのように、「なぜ、それからいらっしゃらなかったの？」と聞いた。

代助はむしろその落ち着き払った態度に驚かされた。三千代は、座布団を代助の前に押しやって座らせ、「なんでそんなに、そわそわしていらっしゃるの？」と言った。一時間ばかり話しているうちに、代助の頭は次第に穏やかになった。彼はもっと早くここに来ればよかった、と思った。

やがて、代助は実家に行った。そして父に会い、今回の縁談を断ることを告げた。父は最後に、「じゃ、お前の勝手にするさ」と言って、苦い顔をした。そして、「己《おれ》のほうでも、もうお前の世話はせんから」と、不機嫌な顔で厳しく言った。

翌日、眼が覚めても、代助の耳の底には父の最後の言葉が鳴っていた。

代助は三千代を訪ねた。三千代は以前のごとく静かに落ち着いていた。微笑みと光輝《かがやき》とに満ちている。春風はゆたかに彼女の眉を吹いた。代助は三千代が全身で、自分を信頼していることを知った。

代助は、今後の経済問題が深刻になりそうだ、と三千代に告げた。自分たちが漂泊〔流浪〕することになるかもしれない、とまで言った。

代助は漂泊という言葉を使ったが、それは言葉はきれいであるが、無収入になることを意味している。そんな話を聞いても、三千代は取り乱さず、「漂泊でも好いわ。死ねとおっしゃれば死ぬわ」と、言い切った。代助ほど動揺していないのである。

代助と三千代にとっては、平岡の問題が懸案であった。平岡は自分たちのことに気付いているだろうか、と代助が心配して聞くと、三千代は落ち着いて、「気が付いているかもしれません。けれども、私もう度胸を据えているから大丈夫なのよ。だって、いつ殺されたって好いんですもの」と言った。覚悟は決まっている。

三千代の人間像は、この小説の中では光っている。『それから』の魅力は、三千代のもの静かではあるが、最後には決断力のある落ち着いた態度によって、大きく支えられているのである。

十

その後、代助は意を決して平岡に会った。代助の話を聞くと、平岡は驚き、怒り、激しく詰《なじ》った。

「君は何だって、あのとき僕のために泣いてくれたのだ。なんだって、僕のために三千代を周旋しようと盟《ちか》ったのだ。今日《こんにち》のような事を引き起こす位なら、なぜあのとき、ふんと言ったなり放って置いてくれなかったのだ」

「平岡、僕は君より前から三千代を愛していたのだよ」

平岡は茫然として、代助の苦痛の色を眺めた。代助は話を続けた。

「そのときの僕は、今の僕でなかった。君から話を聞いた時、僕の未来を犠牲にしても、君の望みを叶《かな》えるのが、友達の本分だと思った。今位頭が熟していれば、まだ考え様があったのだが、惜しい事に若かったものだから、余りに自然を軽蔑し過ぎた。僕はあの時の事を思っては、非常な後悔の念に襲われている。自分の為ばかりじゃない。実際君の為に後悔している。僕が君に対して真《しん》に済まないと思うのは、今度の事件より寧ろあの時僕がなまじいに遣《や》り遂げた義侠心《ぎきょうしん》だ。君、どうぞ勘弁してくれ。僕はこの通り自然に復讐《かたき》を取られて、君の前に手を突いて詫《あやま》っている」

代助は涙を膝《ひざ》の上に零《こぼ》した。

平岡は、いろいろと恨み言を述べ立てたが、最後には、三千代を譲ることを承知した。しかし、すぐには渡せない、と言う。

三千代はここ数日、病気で寝たままであった。貧血と神経衰弱も加わって、病状がひどいらしい。平岡は、彼女の病気が治るまでは夫である自分が責任を持つと言い、そのあと、病気の決着が付くまでは絶交する、三千代と会うことも許さない、と宣言した。

代助は、三千代のことが心配で堪《たま》らなかった。何度も平岡の家の周りを、餓えた犬のようにうろついた。

その晩は、火のように熱くて赤い旋風《つむじ》の中に、頭がいつまでも回転した。代助は死力を尽くして、旋風の中から逃れ出ようと争った。けれども、彼の頭はすこしも彼の命令に応じなかった。木の葉のごとく、くるりくるりと燄《ほのお》の風に巻かれていった。三千代のことが気になって気になって、代助の神経は相当に衰弱している。

こうしたとき、突然、兄が家にやってきた。代助の前に差し出された封筒の裏には、平岡の住所氏名が自筆で書いてあった。

兄は、ここに書いてあることは本当のことか、と聞いてきた。代助は手紙を受け取って、中身に眼を通すと、本当のことです、と正直に答えた。

兄は呆れたように代助を見詰めた。そして、繰り言みたいな説教をしたあと、姉さんは泣いているぜと言い、続けて、お父さんは怒っている、と言った。

代助はなにも言わなかった。ただ遠い所を見る眼をして、兄を眺めていた。

「貴様は馬鹿だ」と、兄は大きな声を出した。代助は俯《うつむ》いたまま顔を上げなかった。兄はさらに、普段は一人前の顔をして生きている癖に、陰では親の名誉に関わるような悪戯《いたずら》をしている、今日《こんにち》までなんのために教育を受けたのだ、と激しく叱責した。

代助の行為は、当時としては、姦通罪に触れる。その頃の日本には、姦通罪がれっきとして存在していたのである。戦後になって刑法も改正され、不倫も文化だ、などと嘯《うそぶ》く者も出てきているが、このときはそんなに軽々しいものではなかった。

旧刑法の条文は、次のごとくである。


有夫ノ婦〔妻〕姦通シタルトキハ二年以下ノ懲役ニ処ス　其相姦シタル者〔相手の男〕亦同シ

男のほうは付け足しである。旧刑法は女性の姦通に狙いを定めており、刑罰も相当に厳しい。但し書きとして、裁判は夫の告訴によるとし、妻が夫の不倫を告訴する手段については、なにも規定していない。無視である。

代助は兄から烈しい叱責を受けながらも、自分は正当な道を歩んだのだ、という自信があった。代助の「天意」はまやかしではない。

彼はそれで満足であった。その満足を理解してくれるものは三千代だけであった。三千代以外には、父も兄も社会も人間も悉《ことごと》く敵であった。彼等は赫々《かくかく》たる炎火の裡《うち》に、二人を包んで焼き殺そうとしている。代助は無言のまま、三千代と抱き合って、この燄の風に早く己れを焼き尽すのを、この上もない本望とした。

代助は兄になにも答えなかった。石のように動かなかった。兄は「おれも、もう逢わんから」と言い捨てて、部屋を出ていった。実家の全員から義絶され、これをもって、代助の生活の糧《かて》は完全に絶たれることになった。

十一

一刻も早く職を探さねばならない。代助は日盛《ひざか》りの表に飛び出した。暑い中を駈けないばかりに、急ぎ足に歩いた。「焦る焦る」と、歩きながら口の内でつぶやいた。代助が以前平岡に発した理想論は、いまやひとたまりもなく薙《な》ぎ倒されている。

飯田橋に来て、路面電車に乗った。電車は真っ直ぐに走り出した。代助は電車の中で、「ああ動く。世の中が動く」と、傍らの人に聞こえるように言った。彼の頭は電車の速力で回転し出した。回転するに従って、火のように焙《ほて》ってきた。

忽《たちま》ち赤い郵便筒《ゆうびんづつ》〈ポスト〉が眼に付いた。するとその赤い色が忽ち代助の頭の中に飛び込んで、くるくると回転し始めた。傘屋の看板に、赤い蝙蝠傘《こうもりがさ》を四つ重ねて高く釣るしてあった。傘の色が、又代助の頭に飛び込んで、くるくると渦を捲いた。

（略）

電柱が赤かった。赤ペンキの看板がそれから、それへと続いた。仕舞には世の中が真赤になった。そうして、代助の頭を中心としてくるりくるりと燄の息を吹いて回転した。代助は自分の頭が焼け尽きるまで電車に乗って行《ゆ》こうと決心した。

電車に乗っている代助は、頭の中が赤い炎に包まれていた。代助の精神状態が、生きるか死ぬかの境にまで追い詰められていることを示している。

神経の衰弱した代助の眼に映った、この場面の過剰なまでの赤色《あか》の氾濫《はんらん》は、彼の意識が極度の焦燥と不安で、パニック状態に陥っていることを表している。

代助は今後、高等遊民の優雅な暮らしから、いっきょに貧乏生活の待ち受ける現実に突き落とされる。しかも、愛する三千代は病床に伏せっていて、会うこともできない。

代助は、自分と三千代の将来がどのようになっていくか、見当もつかなかった。このまま貧乏生活のどん底に落ちていくのか、死を選ぶことになるのか、それもわからない。

いまや人生最大の危機であった。代助と三千代の未来が深刻なものであることは、この場面で象徴的に示されている。孤立無援の彼らふたりを待ち受けている社会は、自分たちの「天意」の愛を許さない、赤い炎の渦巻く坩堝《るつぼ》かもしれない。……

そうかと言って、希望が完全になくなっているわけでもないであろう。一時的なパニック状態の興奮から正常の状態に戻った代助が、無事就職口を捜し出して、三千代と新しい生活に踏み出すかもしれないのである。

最後の一行は、苦境に陥りながらも、「天意」に向かって前に進もうとする代助の決意を、なにかしら示唆している。

「それから」あとの男は、『門』の宗助であるかもしれない。社会の片隅でひっそりと幸せに生きる宗助夫妻が、代助と三千代の未来の姿であることも、可能性としては十分にあり得るのである。

第六章　『門』ナビ

一

『門』は、一九一〇年（明治四三年）に『朝日新聞』に連載された。『三四郎』『それから』『門』の順で執筆された前期三部作の最後の作品である。

『門』は、『それから』の代助と三千代のその後と考えても、それほど不自然ではない。『門』で描かれた宗助と御米《およね》の生活は、代助と三千代がその後に送ったであろう一つの可能性である。ちなみに、代助と宗助の名前の相似性は、そのことを暗黙のうちに提示しているように思われる。

宗助は、いまは大学中退の下級役人として、ひっそりと崖下の借家で、愛妻の御米と淋しくも睦《むつ》まじく暮らしている。京都帝大時代に親しかった同級生のコネで、やっと東京に帰ることができたのである。

その旧友は、高等文官試験に合格して高級官僚になっていたが、宗助は人妻を奪った不倫事件で出世の道を棒に振っていた。崖下の借家暮らしは、落ちぶれた宗助の境遇を巧みに象徴している。

この小説は、そんな宗助の日曜日の午後のひとときから始まる。

宗助は縁側へ座蒲団を持ち出して、ごろりと横になった。肘枕《ひじまくら》をして軒から見上げると、綺麗な空が一面に蒼く澄んでいる。自分の寝ている窮屈な縁側に比べると、非常に広大である。

たまの日曜にこうして緩《ゆっ》くり空を見るだけでも大分違うなと思いながら、眉《まゆ》を寄せて、ぎらぎらする日を少時《しばらく》見詰めていたが、眩《まぼ》しくなったので、今度はぐるりと寝返りをして障子の方を向いた。障子の中では細君が裁縫《しごと》をしている。

「おい、好《い》い天気だな」と話し掛けた。細君は、

「ええ」と云ったなりであった。宗助も別に話がしたい訳でもなかったと見えて、それなり黙ってしまった。しばらくすると今度は細君の方から、

「ちっと散歩でも為《し》ていらっしゃい」と云った。然《しか》しその時は宗助は唯《ただ》うんと云う生返事を返しただけであった。

彼ら夫婦の平穏な暮らしがよくわかる場面である。彼らは世間的な出世を諦めて、平穏に

過ごすことに満足している。

二、三分して、細君は障子の硝子《ガラス》のところへ顔を寄せて、縁側に寝ている夫の姿を覗《のぞ》いて見た。夫は両膝《ひざ》を曲げて、海老《えび》のように窮屈になっている。そして、両手を組み合わせて、その中に頭を突っ込んでいる。

「貴方そんなところへ寝ると風邪引いてよ」と、細君が注意した。細君の言葉は東京のような、東京でないような、現代の女学生に共通な一種の調子を持っている。彼女は快活に自分の思った通りを言っている。

なんと言うこともない夫婦の会話であるが、こうしたふたりのやり取りから、宗助と御米の波風の立たぬ平穏な暮らしの一端が見て取れる。

二

この家の座敷の裏手は、廂《ひさし》に逼《せま》るような勾配の崖が、縁鼻《えんばな》から聳《そび》えている。それで、日の光は差しにくい。崖には草が生えている。ほかに孟宗竹《もうそうちく》が中ほどに二本、上のほうに三本ほどすっくりと立っている。

宗助は暗い便所から出て、廂のそとを見上げた。孟宗竹は秋の日に酔ったように重く下を向き、ひっそりと重なった葉は一枚も動かない。

宗助は座敷に戻ると、一通の手紙を書いた。死んだ叔父の妻と息子が住んでいる佐伯《さえき》の家に出すのである。

宗助が散歩がてらに手紙を出しに行ったあと、三十分ほどして、宗助の弟の小六がやってきた。旧制高校の学生で、制帽を被《かぶ》り、黒羅紗《らしゃ》のマントを羽織っている。

のちに出来《しゅったい》する異変の、微妙な緒《いとぐち》となる人物の登場である。

小六は嫂《あによめ》の御米とすこししゃべったあと、「姉さん、兄さんは佐伯に行ってくれたんですかね」と、本題に入ってきた。

御米は、夫はまだ行っていないが、その代わりに手紙を書いて、いま出しに行ったところよ、と弁解した。彼女にしても、手紙じゃ駄目よ、行ってよく話をしてこなくっちゃ、と勧めていたのであるが、宗助はぐずぐずと先延ばしにしていたのである。

宗助は、父親が死んだあと、家屋などの遺産の始末を、叔父の佐伯に頼んでいた。小六の面倒もいっしょに頼んでいた。母は先に死んでおり、その頃の宗助は不倫の恋愛事件で大学を中退し、就職して地方に赴任していたのである。それで、小六の暮らしの面倒を佐伯の家に頼んでいた。

それが最近になって、佐伯のほうから、小六の世話は今年いっぱいで終了する、と通告してきた。小六は驚いて兄に報告し、この問題をなんとか解決して欲しい、と兄に懇願していたのである。今後の暮らしのことも、大学に進学したあとの学費のことも、小六にとっては深刻な問題であった。

この日は、小六も、佐伯の家との交渉についてはあまりうるさくも言わず、夕食後おとなしく佐伯の家に帰っていった。

宗助は土曜日の午後、役所からの帰りに、番町の叔母の家に寄った。ここでようやく、父の遺産がどうなっているかを聞き出した。

叔母はなんだかんだと弁解して、いまは父の遺産の残金はないと言った。

その上、現在では自家の家計のほうもかなり逼迫《ひっぱく》していて、小六の面倒はこれまで通り見れなくなった、というのが叔母の説明であった。

宗助はこの機に、叔父に保管を依頼していた書画や骨董品の行方を訊ねた。叔母の話では、叔父が知り合いの男に売却を依頼したのであるが、品物を持って行かれたままで、雲隠れされてしまったらしい。

この日の話し合いでは、結局、宗助はただ一つ残された、二枚折の屏風《びょうぶ》を返してもらっただけである。小六の件は、すぐには決着がつかず、宗助はむなしく帰宅した。

やがて日が暮れた。昼間からあまり車の音を聞かない町内は、宵の口から寂《しん》としていた。夫婦は例の通り洋燈《ランプ》の下《もと》に寄った。広い世の中で、自分達の坐っている所だけが明るく思われた。そうしてこの明るい灯影《ひかげ》に、宗助は御米だけを、御米は又宗助だけを意識して、洋燈の力の届かない社会は忘れていた。彼等は毎晩こう暮らして行く裡《うち》に、自分達の生命を見出していたのである。

三

小六の件は、宗助が自分の家に引き取ることで、なんとか凌《しの》げた。御米が化粧のときなど、自分の部屋のように使っていた六畳の間を開けてくれるのである。大学進学後の学費の問題などは、まだ解決していなかったが、辛うじて小六の将来の展望は開けた。

御米がこの際、例の屏風を「売っちゃいけなくって？」と無邪気に言ってきたとき、宗助もそれに賛成した。抱一《ほういつ》〔江戸時代の日本画家〕の逸品であるが、いまの家計事情ではやむ得ない。横町の道具屋と何度か掛け合って、六円からだんだん高い値になり、結局、三十五円で処分した。

夜中に、御米はふと眼を覚ました。なんだかずしんと枕元で響いたような気がした。

翌朝、宗助は床を離れると、さっそく崖下の雨戸を繰った。外に出て調べてみると、黒塗りの蒔絵《まきえ》の手文庫が眼に留まった。

散らばった書類や書き付け類から、この手文庫の持ち主は、崖上の家主の坂井であることがわかった。昨夜の物音は、どうやら泥棒が崖から転がり落ちたときのものらしい。

この蒔絵の手文庫を返しに行ったことから、家主の坂井はこれを機に、ときどき遊びに来るように、と言った。これ以後、宗助は坂井と昵懇《じっこん》の間柄になっていく。

宗助が役所の帰りがけに、電車を降りて横町の道具屋の前まで来ると、店から出てきた坂井に出くわした。坂井は話のついでに、このあいだ抱一の屏風を買ってやった、という話をした。

自分の売った屏風のこともあって、宗助は坂井の家に遊びに行った。坂井の所蔵している抱一の屏風は、間違いなく自分の処分したものであった。気になって、これを手に入れるのに、どれくらいの金額を支払ったかを訊ねた。

「まあ掘り出し物ですね。八十円で買いました」と、坂井はすぐ答えた。

宗助はすこし迷ったが、結局、これまでの経緯を詳しく話した。坂井は惜しいことをした、横町の道具屋は怪しからんやつだ、と罵ったが、こんな話をしているうちに、宗助と坂井はこれまで以上に親しくなった。

新年が近づいてきて、子沢山《こだくさん》の坂井の家は賑やかになっていた。

この夜、ふたりが床に就いたとき、御米は自分たちに子どもがいないから、淋しいんでしょう、と言い出した。宗助は、淋しいと言えばそりゃ淋しくないでもないがね、と言ったあと、まあいいや、心配するな、と付け加えた。

薄暗い床に寝たまま、宗助は向きを変えて御米の顔を見た。御米も暗い中から宗助を見た。

「疾《とう》から貴方に打ち明けて謝罪《あや》まろう謝罪まろうと思っていたんですが、つい言い悪《にく》かったもんだから、それなりにして置いたのです」と途切れ途切れに云った。宗助には何の意味かまるで解らなかった。多少はヒステリーの所為《せい》かとも思ったが、全然そうとも決しかねて、しばらく茫然《ぼんやり》していた。すると御米が思い詰めた調子で、「私にはとても子どもの出来る見込はないのよ」と云い切って泣き出した。

宗助はこの可憐《かれん》な自白をどう慰めて可いか分別に余って当惑していたうちにも、御米に対して甚《はなは》だ気の毒だという思が非常に高まった。

宗助があまり気にせずともいい、と慰めても、御米はなおも泣き続けた。宗助は途方に暮れて、発作の治まるのを穏やかに待っていた。そして、ゆっくり御米の説明を聞いた。御米の説明は長いものであった。

四

宗助と御米の夫婦関係は、人並み以上によかった。しかし、子どもにかけては、一般の隣人より不幸であった。三度も産後すぐに子どもを死なせているのである。

三度目のとき、御米は褥中《じょくちゅう》〔蒲団のなか〕で、臍帯纏絡《さいたいてんらく》〔胞衣《えな》が頸《くび》に巻き付く〕で死んだ赤子の悲運を聞くと、ただ軽くうなずいて、なにも言わなかった。眼をうるませて、長い睫毛《まつげ》をしきりに動かせた。宗助は慰めながら、ハンカチで頬に流れる涙を拭いてやった。

産後三週間、御米は床に就いたまま、安静に過ごしていたが、その間ずっと呪詛《のろい》の声に悩まされた。

そのうち、御米の身体がすっきりとなった。天気のいいある日のこと、彼女は宗助を送り出したあと、表に出た。

歩いているうちに、今後子どもができるかどうか、知りたくて堪《たま》らなくなった。御米はとうとうある易者の門をくぐった。

易者は算木《さんぎ》を色々と並べてみたり、筮竹《ぜいちく》を揉《も》んだり数えたりして、仔細《しさい》らしく顎の下の髯《ひげ》を握ってなにか考えたが、終わりに御米の顔をつくづく眺めた末、「貴方には子どもはできません」と、落ち着き払って宣告した。「なぜでしょう?」と、聞き返した御米に、易者は「貴方は人に対して済まないことをした覚えがある。その罪が祟《たた》っているから、子どもは決して育たない」と、言い切った。御米はこの一言に心臓を射抜かれる思いがあった。

御米がこの話をすると、宗助はもうそんなところに行かないがいい、馬鹿げている、と諭《さと》した。「恐ろしいから、もう決して行かないわ」と、御米はようやく快活に答えた。

宗助と御米とは、仲のいい夫婦に違いなかった。いっしょになってから今日まで六年ほどの長い月日を、まだ半日も気まずく暮らしたことはなかった。

外に向って生長する余地を見出《みいだ》し得なかった二人は、内に向って深く延び始めたのである。彼等の生活は広さを失なうと同時に、深さを増して来た。彼等は六年の間世間に散漫な交渉を求めなかった代りに、同じ六年の歳月を挙げて、互の胸を掘《ほ》り出した。彼等の命は、いつの間にか互の底にまで喰い入った。二人は世間から見れば依然として二人であった。けれども互から云えば、道義上切り離す事の出来ない一つの有機体になった。

(略)

彼等は自然が彼等の前にもたらした恐るべき復讐《ふくしゅう》の下に戦《おのの》きながら跪《ひざま》ずいた。同時にこの復讐を受けるために得た互の幸福に対して、愛の神に一弁《いちべん》〔一片〕の香を焚《た》く事を忘れなかった。彼等は鞭《むち》うたれつつ死に赴《おもむ》くものであった。ただその鞭の先に、凡《すべ》てを癒《い》やす甘い蜜《みつ》の着いている事を覚《さと》ったのである。

ふたりはときどき、自分たちの睦まじく過ごした長の年月を遡《さかのぼ》って、自分たちがいかなる犠牲を払って、結婚をあえてしたかという当時を、想い出さないわけにはいかなかった。

五

宗助は資産のある家に生まれ、それなりに派手に生きてきた男である。京都帝国大学に入学したあとも、大した勉強もしないで、京都の街を遊び回ることが多かった。青春を謳歌していたのである。

当時の無二の親友は安井という学生で、宗助はしょっちゅう彼と会っていた。学年の終わりには、再会を約して別れた。東京に帰省したあとも、いっしょに旅行しながら京都に帰ろう、という安井との約束は忘れていなかった。

いつまで経っても、安井から連絡がなかった。宗助は仕方なしにひとりで京都に帰った。どういうわけか、安井は学期が始まっても、いっこうに大学に顔を出さない。

一週間ほどして、突然、安井が宗助のところにやってきた。話しているうちに、いままでの下宿を引き払って、学校近くの閑静なところに一戸を構えた、と言う。

そのうち、宗助は安井の家を訪ねた。家の内をのぞいたとき、粗《あら》い縞《しま》の浴衣を着た女の影をちらりと認めた。座敷に通って、安井としばらく話していたが、さっきの女はまったく顔を出さなかった。声も立てず、音もさせなかった。つい隣の部屋にいたのだろうけれども、いないのとまるで違わなかった。この影のように静かな女が、御米であった。

このあと、安井がいっしょに出掛けよう、と誘った。表に出たとき、安井がちょっといなくなったので、宗助は御米と立ち話をした。淡白なものであった。けれども、彼の頭にはその日の印象が妙に、長く残っていた。

そして、一年が経った。ある日、宗助が安井の家を訪ねたところ、安井はいなかった。宗助は座敷に上がって、つい御米と長く話し込んだ。それで親しくなり、こんどは御米が買い物のついでに宗助の下宿に来た。安井は彼女を妹と紹介していた。

こんなことが重なっているうちに冬になり、安井が肺病を患った。安井は御米を伴って転地療養に行った。安井と手紙のやり取りをしたが、宗助はさらにわざわざそこへ見舞いに行ったりした。
宗助と御米の関係がいっきょに深まったのは、安井の転地療養が終わって京都に帰ってきたあと、あまり時間が経っていない時期であった。作者はその点については、具体的には描写していない。おそらく長いあいだ理性で抑えてきた「天意」が、ふたり同時に沸点に達したのであろう。

事は冬の下から春が頭を擡《もた》げる時分に始まって、散り尽した桜の花が若葉に色を易《か》える頃に終った。凡《すべ》てが生死《しょうし》の戦《たたかい》であった。青竹を炙《あぶ》って油を絞る程の苦しみであった。大風は突然不用意の二人を吹き倒したのである。二人が起き上がった時は何処《どこ》も彼所《かしこ》も既に砂だらけであったのである。彼らは砂だらけになった自分達を認めた。けれども何時吹き倒されたかを知らなかった。

御米がこのときどのように振る舞ったかは、いっさい述べられていない。それでも、もの静かでおとなしい、根は快活な御米が、決定的瞬間においては、動揺しない覚悟のできた女であったことは読み取れる。
御米も、『それから』の三千代と同じく、肝腎なところでは肝が据わっていたのであろう。

自分の純粋な思いを貫き通すのに、なんの躊躇《ためら》いもなかったのである。

宗助と御米が不倫行動に出たあとの、善良なふたりの苦しみが想像を絶するほどのものであったことは、「青竹を炙って油を絞る程の苦しみであった」と、叙述されていることからよくわかる。

ここで述べられていることは、私的な事件で済まないものであった。社会的に重大事件にもなり得るのである。宗助と御米が安井に隠れて、性的な関係にまで突き進んだとすれば、ふたりは姦通罪などの社会的制裁を受けねばならない。

ただし、この小説では、安井と御米が正式に結婚していたのか、同棲であったのか、宗助と御米の関係がどの程度にまで進展していたのか、そのへんのところはなにも述べられていない。

ただ、世間は容赦なく彼らに徳義上の罪を背負わせた、と述べられているだけである。「彼等は蒼白《あおじろ》い額を素直に前に出して、其所に燄《ほのお》に似た烙印《やきいん》を受けた」のである。

そして、ふたりは「親を棄てた、親類を棄てた、友達を棄てた、大きく言えば一般の社会を棄てた、もしくはそれらから棄てられた」のである。要するに、彼らは、いまの時代では考えられない深傷《ふかで》を負った。

宗助と御米の不倫行為は、その結末も含めて、簡潔に要約されている。しかし、小説作品としてはあまりにも抽象的で、かつ説明的である。のちの『こころ』の先生の場合と同じく、「罪の意識」が過剰なのである。

話をもとに戻すと、そういう経緯があって、京都帝国大学を中退した宗助は、御米と社会の片隅でひっそりと暮らすことになった。宗助は大学を中退したあと、いったんは地方の役所の下級役人になっていたのである。

六

過去の、宗助と御米の不倫行為が説明されたあとは、一転して現在の迎春準備の様子が描かれる。こちらでは、急にいきいきとした場面となり、重苦しい世界から明るい世界に引き入れられる。

通町《とおりちょう》では暮の内から門並《かどなみ》、揃いの注連飾《しめかざり》をした。往来の左右に何十本となく並んだ、軒より高い笹が、悉《ことごと》く寒い風に吹かれて、さらさらと鳴った。宗助も二尺余りの細い松を買って、門の柱に釘付《くぎづけ》にした。それから大きな橙《だいだい》を御供《おそなえ》の上に載せて、床の間に据えた。

　そのあとも、夜なべに俎《まないた》を茶の間にまで持ち出して、みんなで伸餅《のしもち》を切った。包丁が足りないので、宗助は初めから仕舞まで手を出さなかった。力があるだけに、小六がいちばん多く切った。その代わり、不同のものが多く、見かけの悪いのも混じった。変なのができるたびに、下女の清《きよ》が声を出して笑った。

　大晦日の夜、宗助は挨拶かたがた家賃を持って、家主の坂井の家に行った。主人に請《しょう》じ入れられて、しばらくしゃべってから帰った。御米と清が待ちかねていて、宗助が帰るとすぐに銭湯に向かった。

　小六は大晦日の街の風景を見に出掛け、夜遅くになって、やっと帰ってきた。鈴の付いた御手玉をお土産に買ってきた。「坂井のお嬢さんにでも上げて下さい」と言った。

　事に乏しい一小家族の大晦日は、それで終わりを告げた。

　正月は二日目の雪を率いて、注連飾りの都を白くした。降り止んだ屋根の色が元に戻る前、夫婦はトタン張りの庇《ひさし》を滑り落ちる雪の音に何度か驚かされた。

　正月の日々を過ごして、一週間が経った頃、家主の坂井が下女を寄こして、宗助に遊びに来ないか、と誘ってきた。

　宗助は坂井の家に行った。坂井は機嫌よく宗助を迎え、ゆっくり話そうと言って書斎に招いた。あれこれとしゃべっているうちに、小六の話になり、坂井は、なんなら私の所へ書生によこしたらどうか、と言ってくれた。これは宗助にとっては望外の喜びで、それはありがたい、と応じた。相談はほぼその場でまとまった。

宗助はそこで辞して帰ればよかったのである。また辞して帰ろうとしたのである。ところが、もうすこしゆっくりしたら、と主人に引き止められた。

話題は弟のことになり、坂井は自分にも困った弟がいて、それが満州やら蒙古やらで、派手に暮らしていると語った。彼は、その弟のことを冒険者《アドヴェンチュアラー》と呼んだ。

そのうち、面白いから一度会ってみたらどうか、と言い出した。ちょうど明後日の晩に呼んで飯を食わせることになっている、と言う。

宗助は、そのとき来るのは一人だけか、と聞いた。すると、坂井は、自分はまだ会ったことはないが、安井とかいう友達を一人連れてくる、と答えた。

宗助はその夜、蒼《あお》い顔をして坂井の門を出た。最も恐れていた異変が、すぐ間近にまで迫っている。

七

思えば、宗助と御米の一生は、過去に暗く彩《いろど》られていたのである。ふたりは自己の心に、人に見えない結核性の恐ろしいものが潜んでいるのを、仄《ほの》かに自覚しながら、わざと知らぬ顔をして互いと向き合い、年月を過ごしてきた。

安井への背信行為は姦通罪と同じだ、と意識すると、宗助は陰鬱な気分に陥らざるを得なかった。まさか安井が復讐までするとは思わなかったが、その分、安井を苦しめたことに心を痛めた。

ふたりがいっしょになった当初、彼らの頭脳に痛く応えたのは、彼らの過ちが安井の前途に及ぼした影響であった。

しばらくして、ふたりは、安井も宗助と同じく大学を中退したことを知る。そして、安井が郷里に帰ったという噂を聞いた。さらに、病気に罹《かか》って家で寝ているという話も聞いた。ふたりはそれを聞くたびに心を痛めた。

その上、こんどは安井が満州に行ったという報知《たより》を得た。病気もよくなって、奉天で仕事を忙しくやっている、という確かな情報が入ってきた。そのとき、宗助と御米は顔を見合わせて、ほっと息をついた。

彼等の生活は淋《さみ》しいなりに落ち付いて来た。その淋しい落ち付きのうちに、一種の甘い悲哀を味わった。文芸にも哲学にも縁のない彼等は、この味を舐《な》め尽しながら、自分で自分の状態を得意がって自覚する程の知識を有《も》たなかったから、同じ境遇にある詩人や文人などよりも、一層純粋であった。――これが七日の晩に坂井に呼ばれて、安井の消息を聞くまでの夫婦の有様《ありさま》であった。

その夜《よ》宗助は家に帰って御米の顔を見るや否《いな》や、

「少し具合が悪いから、すぐ寝よう」と云って、火鉢に倚《よ》りながら帰〔り〕を待ち受けていた御米を驚かせた。

宗助は安井のことを想い出すと、深刻に罪を意識せざるを得なかった。この二、三年の月日でようやく治癒しかけた創口《きずぐち》が、急に疼《うず》き始めた。疼くにつれて熱《ほて》ってきた。再び創口が裂けて、毒のある風が容赦なく吹き込みそうになった。

家主の坂井が口にした「冒険者《アドヴェンチュアラー》」という一語の中には、あらゆる自暴と自棄、不平と憎悪、乱倫と悖徳《はいとく》〔反道徳〕、盲断と決行、が潜んでいる。

安井は、人《ひと》が変わってしまっているかもしれない。宗助はそれを思うと、無気味な不安に脅かされた。床に就いても、いつまでも眠れなかった。

彼はいっそのこと、万事を御米に打ち明けて、ともに苦しみを分かってもらおうかと思った。

しかし、言い切る勇気がなく、自分ひとりで苦悩を抱え込んでしまったのである。

八

宗助の気持ちは落ち着かなかった。役所からの帰りに、牛鍋屋〈牛肉店〉に寄って、酒を夢中で飲んだ。いくら飲んでも酔えなかった。

店を出たあと、いつも乗る路面電車に乗る気にならなかった。

彼は黒い夜の中を歩るきながら、ただどうかしてこの心から逃れ出たいと思った。その心は、如何にも弱くて落付かなくって、不安で不定で、度胸がなさ過ぎて希知《けち》に見えた。彼は胸を抑えつける一種の圧迫の下に、如何にせば、今の自分を救う事が出来るかという実際の方法のみを考えて、その圧迫の原因になった自分の罪や過失は、全くこの結果から切り放してしまった。その時の彼は他《ひと》の事を考える余裕を失って、悉く自己本位になっていた。今までは忍耐で世を渡って来た。これからは積極的に人世観〈人生観〉を作り易《か》えなければならなかった。そうしてその人世観は口で述べるもの、頭で聞くものでは駄目であった。心の実質が太くなるものでなくては駄目であった。

不意に安井の存在が眼前に出現して、宗助は恐ろしいまでの不安に襲われた。パニックに近い精神状態に陥った宗助は、安井に出くわすことに怯《おび》え、この苦境から脱出することばかりを考えた。「他《ひと》の事を考える余裕を失って、悉く自己本位に」行動しようとしたのである。

ここで作者は、「自己本位」と言う言葉を使っている。この言葉は、自分勝手なエゴイズムと紛《まぎ》らわしいが、この場合も、漱石文学のキイワードとしての、自己を主とする〈他人の意見に惑わされない〉という本来の意味での「自己本位」であろう。

苦悩する宗助は、なんとか現在の難局から抜け出ようと、懸命にあがき、宗教の二字を口の中で繰り返した。しかし、それは確かなものではなかった。

宗教と関連して、宗助は座禅という記憶を呼び起こした。もし安心《あんじん》〈他者の脅威に動じない無の境地〉とか、立命とかいう境地に、座禅の力で達することができるならば、十日や二十日役所を休んでも構わない。ようやく「よし、やってみよう」と思った。

宗助は授《さず》かったばかりの三人の子どもを死なせている。その上、いまは過去の亡霊とも言うべき安井の不意の出現に怯えている。

いままでは忍耐で世を渡ってきたが、これからは積極的に人生観を作り変えなければならない。心の強い人間でなければ駄目だ。宗助はそう思った。

宗助は同僚の助けを借りて、鎌倉の禅寺に行くことにした。

宗助の急な参禅を、奇異な行為として首をかしげる評者もいるが、宗助はあくまで「心の実質が太くなる」ことをめざして、決意したのである。

役所には病気になったと言って、十日ばかり休むことにした。御米には、すこし脳が悪い（神経衰弱）から、役所を休んで、一週間ほど遊んでくるよ、と言った。

御米はこのところの夫の様子から、内心では心配していたので、かえって夫の果断な計画を歓迎した。彼女は「まあ、お金持ちね。わたしもいっしょに連れてって頂戴」と、明るく言った。

しかし、宗助は愛すべき細君のこの冗談を、味わうだけの余裕がなかった。彼は真面目くさって、「そんな贅沢なところに行くんじゃないよ。禅寺に留めてもらって、一週間か十日、ただ静かに頭を休めてみるだけのことさ」と、弁解した。

御米は「いまのは冗談よ」と、善良な夫をからかったのを反省し、すこし済まなさそうに言った。

翌日、宗助は新橋から汽車に乗って、鎌倉に向かった。懐《ふところ》には一通の紹介状があった。それは同僚の知人に頼んで、書いてもらったものである。封筒の表には釈宜道《しゃくぎどう》様と書いてあった。

漱石自身は、若い頃に鎌倉円覚寺の帰源院に止宿し、参禅している。三日坊主で終わることなく、かなりの日数座っていた。宗助の参禅はそのときの体験が生かされているものと思われる。

いまの宗助は、結果はともあれ、座禅の修行によって得られる、物に動じない「安心」に、救いを求めていた。

九

山門を入ると、左右に大きな杉があって、高く空を遮《さえぎ》っているために、路《みち》が急に暗くなった。その陰気な空気に触れた時、宗助は世の中と寺の中との区別を急に覚《さと》った。静かな境内《けいだい》の入口に立った彼は、始めて風邪《ふうじゃ》を意識する場合に似た一種の悪寒《さむけ》を催《もよお》した。

宗助はやっとのことで、紹介された一窓庵《いっそうあん》を捜し当てた。すこし待っていると、石段の下から、剃り立ての頭を青く光らした坊さんが上がってきた。年はまだ二十四、五としか見えない若い色白の顔である。これが紹介された釈宜道であった。

若い僧は紹介状を読むと、「ようこそ」と言って、宗助を部屋に導いた。この僧は若いのに似合わず落ち着いた話しぶりをする男であった。

しばらく話したあと、釈宜道は老師〔高僧〕に挨拶せよと言って、蓮池の奥にある本堂の部屋に連れていってくれた。

老師というのは五十格好に見えた。赭黒《あかぐろ》い光沢《つや》のある顔をしていた。宗助が始めてその視線に接した時は、暗中に卒然として白刃《はくじん》を見る思いがあった。

「まあ何から入っても同じであるが」と老師は宗助に向って云った。「父母未生《みしょう》以前本来の面目は何だか、それを一つ考えてみたら善かろう」

宗助には父母未生以前という意味がよく分からなかったが、何しろ自分というものは必竟《ひっきょう》何物だか、その本体を捕《つら》まえてみろと云う意味だろうと判断した。

自分の部屋に帰ると、釈宜道が座禅するときの一般の心得や、老師からの公案〔禅宗の、参禅者に考えさせる問題〕の出ることなど、いろいろな仕来《しきた》りを教えてくれた。最初のうちは、線香を立てて、それで時間を切り、休みながら座禅をしたらよい、と言った。

宗助は冷たい火鉢の灰の中に細い線香を燻《くゆ》らして、教えられた通り座蒲団の上に半跏《はんか》〔座禅のとき、片方の足を他方の太ももに置くあぐら〕を組んだ。

宗助は考えた。けれども、考える方向も、考える問題の実質も、ほとんど捕まえようのない空漠なものであった。ただ、俗世の煩《わずら》いからは抜け出せそうであった。

このような日々を過ごしたあと、宗助はついに老師の相見《しょうけん》〔対面しての口試〕の日を迎えた。本堂では多くの参禅者が鉤《かぎ》の手に並び、静かに呼び込みの鈴《れい》の鳴るのを待っている。

宗助の番が来て、薄暗い灯に照らされた老師の部屋に、恐る恐る入っていった。宗助は自分の向こう四、五尺の正面に、老師の姿を見た。彼の顔は例によって、鋳物《いもの》のように動かなかった。色は銅《あかがね》であった。

この面前に気力なく座った宗助は、公案の答えを述べた。

「もっとぎろりとした所を持って来なければ駄目だ」と、たちまち言われた。「そのくらいな事は、すこし学問をした者ならだれでも言える」

宗助は喪家《そうか》の狗《いぬ》〔喪中の家の痩せた犬〕のごとく部屋を退いた。精神が振らついていて、「安心」にほど遠いのを見抜かれたのである。

その後も、教えられた通り座禅を組んだ。努力して公案に立ち向かったが、いくら経っても、頭の中は空漠なままであった。

やがて、予定された宗助の帰京の日が来た。

別れの挨拶のとき、釈宜道は宗助に、東京に帰ってからもこれまでのことを忘れぬように、と諭した。だが、宗助は大事がもう半分去った如くに感じた。

自分は門を開けて貰いに来た。けれども、門番は扉の内側にいて、敲《たた》いてもついに顔さえ出してくれなかった。ただ、「敲いても駄目だ、独りで明けて入れ」という声が聞こえただけであった。

（略）

彼自身は長く門外に佇立《たたず》むべき運命をもって生まれて来たものらしかった。それは是非もなかった。けれども、どうせ通れない門なら、わざわざ其所《そこ》まで辿《たど》り付くのが矛盾であった。彼は後を顧みた。そうして到底又元の路《みち》へ引き返す勇気を有《も》たなかった。彼は前を眺めた。前には堅固な扉が何時《いつ》までも展望を遮《さえ》ぎっていた。彼は門を通る人ではなかった。又門を通らないで済む人でもなかった。要するに、彼は門の下に立ち竦《すく》んで、日の暮れるのを待つべき不幸な人であった。

この山門を巡る話は、一種の「寓話」であろう。それでも、宗助が懸命に努力したあとの窮地を、明確に象徴している。

『門』という題名は、小宮豊隆らがニーチェの『ツァラトストラはかく語りき』の文字からヒントを得て提案した、と言われている。ただし、内容から言うと、カフカの『掟《おきて》の門』に非常に似ている。この件は、漱石の発表がカフカより先であるが、一考に値するであろう。

宗助は十日前に潜《くぐ》った山門を出た。甍《いらか》を圧する杉の色が、冬を封じて黒く彼の後ろに聳《そび》えていた。

十

宗助は面窶《おもやつ》れした、憐れな姿で家に帰った。御米はそんな宗助を見て、いつもの笑顔さえ作り得なかった。彼女はわざと活潑に、「後生だから一休みしたら、お湯に行って、頭を刈って髭を剃《す》ってきて頂戴」と言って、手鏡を差し出した。

宗助は御米の言葉を聞いて、始めて、一窓庵の空気を風で払ったような心持ちがした。ひとたび山を出て家に帰れば、やはり元の宗助であった。

宗助は、気に掛かっていた安井のことを聞き出そうと思って、二、三日後、家主の坂井の家を訪ねた。坂井は相変わらず暇で、気さくに応対してくれた。それとなく彼の弟の冒険者《アドヴェンチュアラー》と、安井の消息を聞くと、ようやく四、五日前に帰っていった、と気楽に答えた。その間、宗助は腋《わき》の下から汗が出た。

坂井があれこれとしゃべったが、宗助のほうは彼のように太平楽には行かなかった。辞して表へ出て、月のない空を眺めたときは、その深く黒い色の下に、なんとも知れない一種の悲哀と、物凄《ものすご》さを感じた。

　彼の頭を掠《かす》めんとした雨雲は、辛《かろ》うじて、頭に触れずに過ぎたらしかった。けれども、これに似た不安はこれから先何度でも、色々な程度に於て、繰り返さなければ済まないような虫の知らせが何処かにあった。それを繰り返させるのは天の事であった。それを逃げて回るのは宗助の事であった。

月が変わってから、寒さがだいぶ緩《ゆる》んだ。官吏の人員整理の問題と、それに関連した増給問題も、月末までにほぼ片付いた。

　整理を免れた宗助は、「まあ助かった」と、御米に言った。

　翌日の晩、宗助はわが膳の上に頭《かしら》つきの魚の、尾を皿の外に躍らす態《さま》を眺めた。小豆《あずき》の色に染まった飯の香《かおり》を嗅《か》いだ。御米はわざわざ清を遣《や》って、坂井の家に書生として住んでいる小六を招いた。小六は、「やあご馳走だなあ」と言って、勝手から入ってきた。

十一

梅がちらほらと眼に入るようになった。早いのは、すでに色を失って散りかけた。雨は烟《けむ》るように降りはじめた。それが霽《は》れると、湿気がむらむらと立ち上《のぼ》った。

「漸《ようや》く冬が過ぎたようね。貴方、今度の土曜に佐伯の叔母さんのところへ回って、小六さんの事を極めていらっしゃいよ」と、御米が快活に勧めた。

「うん、思い切って行ってこよう」と、宗助は答えた。

小六は坂井の好意で、そこの書生に住み込んでいたが、学費の問題は解決していなかった。が、これも宗助が出掛けるまでもなく、小六が佐伯の息子の安之助に直談判《じかだんぱん》して、話が円満に纏《まと》まった。

小康《しょうこう》はかくして事を好まない夫婦の上に落ちた。ある日曜日の昼、宗助が銭湯に行くと、先客が鶯《うぐいす》の鳴き声の話をしている。「まだ鳴きはじめだから下手だね」「ええ、まだ舌が十分に回りません」

このようなのんびりした話である。

宗助は家《うち》へ帰って御米にこの鶯の問答を繰り返して聞かせた。御米は障子の硝子《ガラス》に映る麗《うら》らかな日影をすかして見て、

「本当に難有《ありがた》いわね。漸くの事春になって」と云って、晴れ晴れしい眉《まゆ》を張った。宗助は

縁に出て長く延びた爪を剪《き》りながら、
「うん、然し又じき冬になるよ」と答えて、下を向いたまま鋏《はさみ》を動かしていた。

これが、『門』の最後の場面である。いろいろとあって、最後はまた振り出しの、縁側での夫婦の平穏な会話に戻る。この小説の基底音としてある、宗助と御米の睦《むつ》まじい生活の一端が、よく伝わってくる。平凡ではあるが、なんと言うこともなしに、穏やかな雰囲気が醸《かも》し出されていて、読者をほっとさせるのである。この小説の魅力は、読者にもたらすこうした日常の幸せ感にある。

崖下の借家住《ず》まいとはいえ、宗助夫婦は自分たちの「天意」を貫いて、ようやく幸せな場所に辿《たど》り着いたのである。

しかし、こうした小康の暮らしの中にあっても、宗助の最後の科白《せりふ》は、なにかしら不穏なものを含んでいる。単純に気の晴れている御米に対して、宗助は、相手への思いやりではあるが、安井の出現で生じた憂いを愛妻には言わず、自分ひとりで抱え込んでいる。これが、あとで問題になるかもしれない。「天意」を敢行した代償は、なにやら底が知れないのである。

仲睦まじい宗助夫婦のあいだにも、微妙な隙間が伏在する。宗助の心の奥に潜む孤独の「影」の問題は、のちに『こころ』の先生によって、悲劇的に終止符が打たれるのである。

第七章　『こころ』ナビ

一

『こころ』は、一九一四年〔大正三年〕に『朝日新聞』に連載された。この作品は、前期三部作のあと、『彼岸過迄』『行人』『こころ』の順に執筆された後期三部作の、締めくくりの作品である。

漱石が晩年にめざした人間のエゴ〔自我〕の追究は、『彼岸過迄』の「須永の話」の須永によって本格的に始まり、『行人』の一郎によって病的なところまで突き詰められた。人間の心に潜む嫉妬、劣等感、孤独、虚無などの問題が，奥深く追究されているのである。

このことから言うと､心の深淵に迫ろうとした『こころ』は、先駆的作品としての『彼岸過迄』『行人』によって、十分に準備されていたと言うことができるであろう。『こころ』は総決算と言うべき小説で、主人公の「先生」の自殺で決着が付けられている。

『こころ』は、次の三部からなっている。

「上　先生と私」
「中　両親と私」
「下　先生と遺書」

『こころ』の総主題が「先生と遺書」において展開されていることは、ほぼ間違いないであろう。先生の胸の奥に潜む心の動きと、それに伴う行動とが、詳細に、濃密に描き出されているのである。

「上　先生と私」は、旧制高校の学生である私が鎌倉の海水浴場で、西洋人といっしょに来ていた先生に出逢うところから始まっている。「私は常にその人を先生と呼んでいた」と言うように、先生には知性と教養の滲《にじ》み出る雰囲気があり、私は非常に惹《ひ》き付けられた。

あとでわかるのであるが、先生は無職とは言うものの、相当の資産のある高等遊民で、東京帝大を卒業している教養人であった。哲学書などを原書で読んでいたかもしれない。当時においては、東京帝大の卒業者というのは、最上の超エリート層である。

私は、先生と交際できるようになると、いよいよ尊敬の念を増した。しかし、そのうちに先生が夫婦仲はいいほうなのに、静かで、淋しい人であることがわかってきた。

さらには毎月、雑司ケ谷《ぞうしがや》の墓に墓参りに行っていることもわかった。これには、深い意味があるようであった。先生の口にした「恋は罪悪です」という言葉が気になる。

先生は孤独で、淋しい人であったが、それには深い理由があった。先生の家で話しているときのことである。

「じゃ奥さんも信用なさらないんですか」と先生に聞いた。

先生は少し不安な顔をした。そうして直接の答えを避けた。

「私は私自身さえ信用していないのです。つまり自分で自分を信用できないから、人も信用できないようになっているのです。自分を呪うより外に仕方がないのです」

この会話から見ると、先生の心の奥には、相当に深刻な人間不信、さらにはニヒリズムが巣くっていることがわかるであろう。

その点に気付いてきた私に対し、先生は私が真面目な青年であることを見込んで、いつか自分の過去を話して上げよう、と約束した。

先生は約束を守り、遺書では、「私は今自分で自分の心臓を破って、その血をあなたの顔に浴びせかけようとしているのです。私の鼓動が停った時、あなたの胸に新らしい命が出来るなら満足です」と述べ、自分の心の奥を誠実に書き尽くした。血のイメージは烈しいが、作者はそれを効果的に使っている。

先生は、私が先生と同じく淋しい人間で、自分と同類の人間であることを見抜いていたのである。私はこの世でただ一人の、先生の遺書の受取り人になった。

「中　両親と私」は、病気の父親のいる郷里に帰ったときの話である。両親は、私が無事大学を卒業したことをとても喜び、大勢の人を呼んでお祝いをしたがった。両親は先生に比べるとあまりにも世俗的であった。ずっと田舎暮らしであったことを思えば当然のことではあるが、旧弊《きゅうへい》な俗物と言ってもいいくらいである。父の見舞いに帰ってきた兄にしても、同じことであった。

私は、両親の勧めで、しぶしぶ先生に就職を依頼する手紙を書いた。ところが、先生のほうはそれどころではなかったのである。

先生からの返書は、なんと遺書であった。

私は、臨終が近づいている父親のことが心配であったが、死んでいるはずの先生のところに走らずにはおれなかった。母と兄に走り書きのメモを書いて俥夫に託すと、汽車に飛び乗った。

臨終の迫っている父親を残して上京するのは、どう見ても異常な行為である。このことから言うと、私にとっての先生の存在は、父親以上の意味を持っていたことになる。作者は私を、必ずしも血縁〔旧道徳〕にとらわれない、無意識のうちに個人主義を体得している青年として、登場させているのである。

二

「下　先生と遺書」は、私が汽車の中で眼にした先生の遺書そのものである。したがって、そこで使われている「私」は、いささか紛《まぎ》らわしいが、「上」「中」のときとは異なって、先生自身のことである。

作者はこの小説において、思い切り精緻《せいち》に、人間の心の奥底をえぐり出している。固有名詞をほとんど出さずに、「こころ」の問題をこれだけ詳細に、かつ濃密に描き出すには、非凡な才能が必要であるが、作者にはそれがある。

人間の心の中はごった煮であり、まずもって食欲、性欲、物欲、名誉欲などの欲望がある。また猜疑心、嫉妬心、劣等感などの感情がある。

が、一方においては、人間的に生きようと願う倫理観もあるのである。そして、それらがときに強烈に、ときに穏和に出現する。

作者はこの小説において、主人公である先生の心の動きを、あくまでも冷徹に追究している。先生は高尚な雰囲気のある、穏やかなインテリであったが、同時に、心の内に猜疑心、人間不信、劣等感などの塊《かたまり》を秘めている人間であった。そうした先生の性格の形成は、叔父が自分の実家の財産を横領したことが、大きく影響している。

これまでなんの疑いもなく父の遺産の管理を任せていた叔父が、彼の娘〔従妹〕との結婚を断ると、急に態度が冷たくなった。父の遺産の横領をごまかそうとして、自分の娘と結婚させようとしたのであるが、叔父の心が急変したのは、予想を超えた事態であった。先生は、思ってもいなかった不条理な現実に直面したのである。

先生はそのことで衝撃を受け、好ましくない方向に性格が歪んだ。厳しい言い方をすると、他人を素直に信用できないねじれた性格になった。

先生は遺書において、余すところなく、おのれの心の奥にある猜疑心、嫉妬心、劣等感などの否定的側面をえぐり出している。『こころ』が傑出した文学であるのは、エゴ〔自我〕の深淵をどこまでも追究した、作者の執念に負うところが大きい。

先生の遺書は、心に存するエゴの実態を赤裸々《せきらら》にさらけ出した。その言葉の真摯《しんし》さによって、読者は知らぬ間に、先生に対してシンパシーを持つのであるが、同時に、先生の内に籠《こ》もり勝ちな、まずいエゴの出現に、いささかの歯がゆさを覚える。

「下」で語られる先生の遺書は、青年時代の話が中心である。先生が年若い私と親しく付き合ってくれたのは、それから十数年後の話であり、「上」「中」での先生は、四十に近い中年に達している。

三

先生の性格については、叔父の不埒《ふらち》な背信行為と絡《から》めて、周到に説明されている。「上 先生と私」において、中年の先生は年若い私に対して、「私は財産のことをいうときまって昂奮するんです」と言い、「人から受けた屈辱や損害は、十年立っても二十年立っても忘れやしないんだから」と言っている。さらに次のようにも述べている。

「私は他《ひと》に欺《あざ》むかれたのです。しかも血のつづいた親戚のものから欺むかれたのです。私は決してそれを忘れないのです。私の父の前には善人であったらしい彼等は、父の死ぬや否《いな》や許しがたい不徳義漢に変ったのです。私は彼等から受けた屈辱と損害を小供の時から今日《きょう》まで背負《しょ》わされている。恐らく死ぬまで背負わされ通しでしょう。私は死ぬまでそれを忘れることが出来ないんだから。然し私はまだ復讐《ふくしゅう》をしずにいる。考えると私は個人の復讐以上の事を現に遣《や》っているんだ。私は彼等を憎むばかりじゃない。彼等が代表している人間というものを、一般に憎む事を覚えたのだ。私はそれで沢山だと思う」

私は慰藉《いしゃ》の言葉さえ口へ出せなかった。

先生の告白は切実な経験に基づいており、第三者が軽々に批判できるようなものではない。この問題が先生の性格に決定的な影響を与えたことは、十分に推察できる。先生が口にした言葉は、深刻な問題を含んでいる。先生の人間不信、憎悪、復讐心といった心理、感情は、この段階では、特定の個人に対する感情を乗り越えており、人間不信のニヒリズムにまで進行している。このことが、先生の自殺に深く関わっていることは否定できないであろう。

四

先生は叔父に財産をごまかされたとはいえ、まだ経済的にはゆとりがあって、東京の旧制一高〔東大教養学部の前身〕に進学した。下宿先は、それほど貧しくはない軍人の未亡人の家であった。未亡人には美しいお嬢さんがひとりいた。

下宿で暮らしてしばらくすると、先生はようやく以前の鷹揚《おうよう》な気分を取り戻した。奥さんからも信用されるようになった。奥さんは軍人の妻であっただけに、気性のさっぱりしたいい人で、十分に信頼できた。

やがて先生はお嬢さんが気になり出し、だんだんと好きになっていった。そして、「殆《ほとん》ど信仰に近い愛」を抱くようになったのである。奥さんも、先生の娘への思いを歓迎する様子であった。

ところが、ここで先生のまずいエゴが顔を出した。これまでの苦い経験で人間不信に陥っていた先生は、このとき猜疑心を起こしたのである。

先生は焦慮した。結婚を申し込むことも考えたが、しかし、奥さんに誘《おび》き寄せられたと思うと、厭でならない。先生はあれこれと考えて逡巡《しゅんじゅん》し、結婚を申し込むことはすぐに実行できなかった。

そのうち、先生は親友のKを自分の下宿に住まわせる愚行を犯した。やめておいたほうがいい、という奥さんの助言を押し切っての行為である。

Kは、先生の子どもの頃からの親友で、同じく東京の旧制一高に進学してきていた。彼はお寺さんの子どもで、のちに医者の家の養子になっていたが、養家の意向に反して医学の道を選ばず、東京では勝手に哲学や宗教や文学の勉強に励んでいた。

無口で、求道者的で、よく勉強するKは、ひたすら哲学的に人生の真相を求めていた。中学の頃から、宗教とか哲学とかの難しい問題で、親友の先生を困らした。精進《しょうじん》という言葉を好んで使っただけに、その一途《いちず》さは宗教人に近い。

揚げ句の果て、自らそのことを養家に告白して絶縁され、実家からも勘当《かんどう》された。その結果、生活に困窮していたのである。

Kはそうした状況の中でも、最初のうちは、自分は「意志の力を養って強い人になりたい」と言って、先生の勧めを断った。

それでも、先生はなんとかKを説得して、自分の下宿に引っ越しさせた。先生は親友のために尽力を惜しまず、Kを自分の隣りの狭い部屋に住まわせることにしたのである。食事もみんなと一緒である。

先生はなぜ、ここまでがんばってKを助けようとしたのであろうか?

過剰なまでの友情は、なにかしら不穏なものを感じさせる。

あるいは、これも「無意識の偽善」かもしれない。『それから』の代助が「友情」の名に酔って、平岡に三千代を譲ってやったことと似ているのである。

やがて、先生のまずいエゴが、またしてもうごめき出した。それは、下宿のお嬢さんを巡っての、Kの存在を意識しての、心理的葛藤から生じている。

Kがお嬢さんと話しているのを見ると、心は穏やかでなかった。お嬢さんは先生が不在のときに、Kの部屋に行ってしゃべっていることがあった。先生が帰宅して顔を出すと、お嬢さんは笑ってごまかした。先生はそれが不快であった。先生は、だんだんとKの存在を強く意識しはじめ、彼がお嬢さんをどのように思っているのか、それが気になってならなくなった。

五

後日、先生はKを誘って房総に旅行に行った。海岸の岩場に座っているとき、先生はいっしょにいるのがお嬢さんならどんなにいいだろう、と思った。そして、Kも同じことを考えているのではないか、と忽然と疑い出した。

ある時私は突然彼の襟頸《えりくび》を後《うしろ》からぐいと攫《つか》みました。こうして海の中へ突き落としたらどうする、と云ってKに聞きました。Kは動きませんでした。後向《うしろむき》のまま、丁度好《い》い、遣《や》ってくれと答えました。私はすぐ首筋を抑えた手を放しました。

Kの神経衰弱はこの時もう大分可くなっていたらしいのです。それと反比例に、私の方は段々過敏になって来ていたのです。私は自分より落付いているKを見て、羨《うらや》ましがりました。又憎らしがりました。彼はどうしても私に取り合う気色《けしき》を見せなかったからです。

私にはそれが一種の自信の如く映りました。

先生の突飛《とっぴ》な行動は、普通ではない。先生の心の奥に潜んでいる嫉妬心が、無意識のうちに、こんな行動に駆り立てたのであろう。嫉妬心のほかにも、猜疑心、劣等感などが、心の奥深くに潜んでいる。

さらに驚くべきことは、先生の突飛な行動に対するKの反応である。普通の人間であれば、一瞬にせよ、生命の危機を感じて本能的に防御しようとするはずであるが、Kはそうはせず、殺すなら殺してくれ、という反応であった。

先生はこのとき、Kがなんらかの意味で自信を持っている、と解釈した。それが学問や事業についてのものならば、祝福してやりたいくらいである。しかし、それがひょっとしてお嬢さんについての自信と考えると、心が穏やかでなかった。無意識のうちに嫉妬心が燃え上がった。お嬢さんへの思いが、競争者の出現によって、知らず知らずのうちに募《つの》っていったのである。

先生は以前から、自分のお嬢さんに対する思いを、Kに打ち明けようと思っていたが、それがなかなかできず、何度も歯がゆい思いをして、そのたびに不快になった。先生は意識の底では、いつもKに対して劣等意識を持っていた。

容貌《ようぼう》もKの方が女に好かれるように見えました。性質も私のようにこせこせしていないところが、異性には気に入るだろうと思われました。何処か間が抜けていて、それで何処かに確《しっ》かりした男らしいところのある点も、私よりは優勢に見えました。学力になれば専門こそ違いますが、私は無論Kの敵でないと自覚していました。

先生はこうした心理状態のまま、房総の旅行から東京の下宿に帰ってきた。帰ってきてからも、胸の奥に悩みを抱えたままであった。お嬢さんのことをどう処理したものかと思い悩み、自分の気持ちをKに告げるのに躊躇《ちゅうちょ》した。しかし、いまとなっては、なんとしても自分がお嬢さんと結婚したかった。

ある深夜、Kが不意に隣室とのあいだの襖《ふすま》を開けて、先生に話し掛けてきた。先生はKを部屋に入れて、火鉢を挟んで話をした。そのうちKは突然、黙り込んだ。見ると、Kの結んだ口元の肉が顫《ふる》えるように動いている。先生は思わず身構えた。

驚いたことに、Kは重々しい口を開いて、彼のお嬢さんに対する切ない恋を打ち明けてきたのである。先生は衝撃を受け、しまったと思った。先を越された、と思った。

Kの告白は重くて鈍い代わりに、とても容易なことでは動かせないといった感じの、不動の気迫があった。先生はこのとき、苦痛ばかりでなく、恐ろしさをも感じた。つまり、相手は自分より精神的に強いのだ、という恐怖の念を覚えたのである。

六

先生は、Kの恋がどうしてあんなに募ったのか、平生の彼はどこに吹き飛ばされたのか、そのことがよくわからない。

ある日、図書館にいる先生に、Kのほうから散歩に誘ってきた。先生は、Kが胸に一物《いちもつ》を秘めて話し合いをしたいのだろうと思い、いっしょに図書館を出た。

やがて、Kは突然、口を開いた。彼は先生に向かって、ただ漠然と、どう思う、と言った。どう思うというのは、そうした恋愛の淵《ふち》に陥った彼を、どんな眼で先生が眺めるか、という質問である。一言《いちごん》でいうと、彼は現在の自分について、先生の批判を求めたいようであった。

先生は、なぜ自分の批判が必要なのか、と訊ねた。すると、Kはいつもにも似ない悄然《しょうぜん》とした口調で、「自分の弱い人間であることが実際恥ずかしい」と言った。そして、迷っているから自分で自分がわからなくなってしまったので、先生に公平な批判を求める外に仕方がない、と言うのである。

先生は、お嬢さんのことでなければ、そんな苦しそうなKに同情したであろう。しかし、このときはそうはいかなかった。先生は他流試合の相手を見るように、注意してKを眺め、寸分の隙間もなく相手と向かい合った。

このときの先生の心は、他人のことを考える余裕のない、我欲そのもののエゴと化している。それに対して「罪のない」Kは、驚くほど不用心であった。

先生は、嫉妬の対象であるKが、修学と恋のあいだに彷徨して、ふらふらしているのを見出した。

一撃でKを倒すことができると思った先生は、Kの虚につけ込み、「精神的に向上心のないものは馬鹿だ」と、言い放った。

これは、K自身が以前、房州旅行に行ったときに、先生を批判するのに使った言葉である。先生はこのしっぺ返《がえ》し的な、残酷な一言《ひとこと》で、Kの前に横たわる恋の行く手を防ごうとしたのである。

Kは昔から精進という言葉が好きであった。それには厳重な意味が含まれており、道のためにはすべてを犠牲にするべきだ、ということを意味する。先生はKの言葉を逆手《ぎゃくて》に取って、Kを烈しく攻めた。要するに、先生の批判は「単なる利己心の発現《はつげん》」であった。我欲そのもののエゴをむき出しにしたのである。

先生は、狼が羊の喉笛に喰らい付くように、いったい君は君の平生の主張をどうする積りなのか、と追い討ちを掛けた。その上、覚悟はあるのか、と問うた。これは、Kをぎりぎりの線まで追い詰める厳しい詰問である。

「覚悟?」と、Kは聞いた。そして、「覚悟、――覚悟ならない事もない」と付け加えた。彼の調子は独言《ひとりごと》のようであった。また夢の中の言葉のようであった。

この「覚悟」の意味は微妙である。お嬢さんへの恋についてのものか、彼自身の生き方についてのものか、にわかに言い切ることはできない。先生はこのとき、お嬢さんのことで頭がいっぱいだった。Kの意志の強さ、強引なことをやってしまう果断さも知っており、お嬢さんの問題を考えると、非常に狼狽《ろうばい》した。

先生はKが「覚悟」と言ったことの意味を、お嬢さんに向かって突進していく、と解釈したのである。先生は慌てた。このとき、先生は自分にも最後の決断が必要だと思った。そして、Kより先に、お嬢さんとの結婚を片付けなければならない、と決心した。先生の心に潜むエゴイズムが堰《せき》を切った。

先生は病気と称して学校を休み、Kがいない隙に乗じて、奥さんにお嬢さんとの結婚を申し入れた。すると、奥さんはお嬢さんに計ることもなく、娘のことはよくわかっていると言って、快く結婚を承諾してくれた。

七

しかし、このあと、先生の良心は疼《うず》いた。下宿でKの顔を見たとき、思わず謝罪したいという衝動に駆られた。が、奥に人がいるので、それができなかった。

数日後、奥さんが事情を知らないで、Kに、先生とお嬢さんの結婚が決まったことをしゃべった。

その話を聞いたあとも、Kは先生を詰《なじ》ることもなく、超然とした態度で落ち着いていた。自分とKを頭の中で並べてみると、Kのほうが自分より遙かに立派に見えた。先生は「俺は策略で勝っても、人間としては負けたのだ」と思った。

迷っているうちに、悲劇が起こった。Kが自殺したのである。

先生は夜中にふと眼を覚ました。虫の知らせで隣りのKの部屋を見に行くと、Kは向こうむきに突っ伏している。Kはナイフで頸動脈を切って、すでに死んでいた。薄暗い中で見た襖の血潮は、彼の頸筋《くびすじ》から一度に迸《ほとばし》ったものである。

先生は棒立ちになって立ち竦《すく》んだが、すぐに机の上に置いてある手紙に気がつき、自分の名宛ての手紙の封を切った。

どんな内容のものか、不安と恐怖に襲われながら眼を走らすと、ただ簡単に、「自分は薄志弱行で到底行先《ゆくさき》の望みがないから、自殺する」と書いてあった。あとはみなさんにご迷惑をお掛けするが、よろしく始末をしてください、というようなものである。

翌朝早々に、先生は奥さんにKの事件について話した。奥さんは軍人の妻であっただけに、落ち着いて話を聞き、冷静に、てきぱきと事態を処理した。

Kの遺書では、お嬢さんのことはひと言も触れられていなかった。それはKなりの配慮と思われる。この遺書の中で、先生の胸に最も深く響いたのは、最後に書かれた言葉である。最後に「もっと早く死ぬべきだったのに、何故今まで生きていたのだろう」という意味の文句が書き添えてあった。

これまでのKの言動から推測すると、この言葉は、Kの自殺願望が早くからあったことを示唆《しさ》しているように思われる。房総の岩場での事件が兆しであったかもしれない。

同時に私はKの死因を繰り返し繰り返し考えたのです。その当座は頭がただ恋の一字で支配されていた所為《せい》でもありましょうが、私の観察は寧《むし》ろ簡単でしかも直線的でした。Kは正《まさ》しく失恋のために死んだものとすぐ極めてしまったのです。しかし段々落ち着いた気分で、同じ現象に向って見ると、そう容易《たやす》くは解決が着かないように思われて来ました。現実と理想の衝突、――それでもまだ不充分でした。私は仕舞にKが私のようにたった一人で淋《さむ》しくて仕方がなくなった結果、急に所決《しょけつ》したのではなかろうか、と疑《うた》がい出しました。そうして又慄《ぞっ》としたのです。私もKの歩いた路を、Kと同じように辿《たど》っているのだという予覚が、折々風のように私の胸を横過《よこぎ》り始めたからです。

これから見ると、Kの自殺は必ずしも、お嬢さんへの失恋と、先生の裏切りで受けたショックが原因であった、とは言い切れないであろう。むしろK自身の求道的な修学が行き詰まって、深刻な虚無感に陥ったのが、主原因であったように思われる。

そして、先生は、いま自分が感じている虚無感が、自殺したKと同質のものであることを感じ取って、ぞっとしたのである。

八

Kの自殺の十年ほど前に、旧制一高生の藤村操《みさお》が、「巌頭之感」を書き残して華厳《けごん》の滝に投身自殺した。そこには格調高く、次のように書かれていた。

悠々たる哉天壌《かな》。遼々《りょうりょう》たる哉古今。五尺の小軀《しょうく》を以て此《この》大をはからんとす。……万有の真相は唯《た》だ一言にして悉《つく》す。曰《いわ》く不可解。我この恨を懐いて煩悶、終に死を決するに至る。……

これは、封建の眠りから脱した、近代的自我〔一身独立〕に目覚めた人間にして、はじめて発し得る苦悶の叫びである。まさに近代的自我の悲劇的誕生を象徴する事件であった。この遺書は当時の青年に、大きな衝撃と影響を与えた。

Kも、医者になることを求めた養家の命に背いてまで、おのれの意思を貫こうとした人間である。彼もまた、自殺した藤村操と同じく、近代的自我に目覚めた人間として、人生の真相を掴《つか》もうと、深刻に煩悶《はんもん》していたに違いない。あるいは、Kのモデルは藤村操であったかもしれない。ちなみに、漱石は一高で藤村操を教えていた。

Kは早くから求道者的であり、真面目一筋に生きてきた人間であった。Kのお嬢さんへの恋は、真剣に煩悶している中での、一時の気の迷いと言えなくもない。

純真なKは、お嬢さんを想っては心を乱され、悶々《もんもん》と日を過ごした。

Kは思い余って、親友の先生に相談した。

しかし、結果は先生の厳しい批判と、思いもよらぬ先生の、裏切りとも言うべき抜け駆けであった。これでKの虚無感は極点に達した。恐ろしい「影」が全身に回った。自殺の引き金が、先生の裏切り行為であったことは間違いない。
その後、先生は無事大学を卒業し、愛するお嬢さんと結婚した。しかし、年来の希望であった美しいお嬢さんとの結婚も、心に歓喜と安らぎをもたらさなかった。策を弄して行った裏切り行為が、先生の心に罪の意識をもたらして、胸の内に鬱屈したものが生じていた。先生の心には、どこか正常でないものが巣くっていたのである。

私は妻と顔を合わせているうちに、卒然Kに脅《おびや》かされるのです。つまり妻が中間に立って、Kと私を何処までも結び付けて離さないようにするのです。妻の何処にも不足を感じない私は、ただこの一点に於《おい》て彼女を遠ざけたがりました。

先生は、何度もありのままを妻に打ち明けようと思ったが、自分以外のある力が不意に来て、抑え付けた。自分の犯した罪が、妻の記憶に暗黒な一点を印《いん》するに忍びなかった。純白なものに一雫《ひとしずく》の印気《いんき》「インキ」でも振り掛けるのが苦痛であった。
先生はいつまでもKの死を忘れることができず、それを思うと、心はつねに憂鬱《ゆううつ》であった。この憂鬱から逃れるために、先生は酒で憂《う》さを晴らそうとした。猛烈に勉強もした。だが、結局は無駄に過ごしただけのことであった。

叔父に欺《あざ》むかれた当時の私は、他《ひと》の頼みにならない事をつくづく感じたには相違ありませんが、他《ひと》を悪く取るだけあって、自分はまだ確《たしか》な気がしていました。世間はどうあろうとも、この己《おれ》は立派な人間だという信念が何処かにあったのです。それがKのために美事に破壊されてしまって、自分もあの叔父と同じ人間だと意識した時、私は急にふらふらしました。他《ひと》に愛想《あいそ》を尽かした私は、自分にも愛想を尽かして動けなくなったのです。

Kの自殺によってもたらされた罪の意識が消えない。自虐的に自分を責める内なる声が、がんのように増殖した。叔父の悪行《あくぎょう》をあれほど憎んだ自分が、なんのことはない、叔父と同じ卑劣な人間なのだ。

九

私の胸にはその時分から時々恐ろしい影が閃《ひら》めきました。初めはそれが偶然外《そと》から襲って来るのです。私は驚ろきました。私はぞっとしました。然ししばらくしている中《うち》に、私の心がその物凄《ものすご》い閃きに応ずるようになりました。

（略）

私はただ人間の罪というものを深く感じたのです。その感じが私をKの墓へ毎月《まいげつ》行かせます。その感じが私に妻の母の看護をさせます。そうしてその感じが妻に優しくして遣《や》れと私に命じます。私はその感じのために、知らない路傍の人から鞭《むち》うたれたいとまで思った事もあります。こうした階段を段々経過して行くうちに、人に鞭たれるよりも、自分で自分を鞭つ可《べ》きだという気になります。自分で自分を鞭つよりも、自分で自分を殺すべきだという考が起ります。

Kの自殺によってもたらされた罪の意識は、罪の軽重を顧慮することなく、ひたすら罪そのものを考えることに向かった。それは原罪とも言うべき「人間の罪」にまで深化され、先生の心は自虐的に自己の処罰を求めた。

しかし、いくら贖罪行為を積んでも、終わりがなかった。恐ろしい影〔死〕が先生の胸に閃き、先生もまた、Kと同じようにそれに馴染《なじ》んでいった。

先生はいつまでも厭世的な気分から逃れられず、陰鬱な気分で日々を過ごした。叔父の横領で生じた人間不信の虚無感が、いままた身体の隅々まで拡がっていった。

そういう生活の中で、妻は、男の心と女の心とはどうして一つになれないのか、と溜息を洩らした。

この嘆きは、普通の妻のよくある不満のように見えるが、その実、先生夫妻の深刻な危機を秘めている。

妻が気の晴れない先生に、なにかあるのなら本当のことを話して欲しい、と迫ったときも、先生はなんでもないと言って、本音を洩《も》らしてやらなかった。妻が自分のことを嫌っているのではないかと迫ったときも、はぐらかした。妻の懇願には応えてやらないのである。

先生の妻のほうも、結婚前に自分の家でKが自殺しているのに、その原因を深刻に突き詰めて考えていないなど、おっとりし過ぎのところがあった。

先生は妻から何度も、なんのために勉強しているのかと聞かれ、そのたびに苦笑していた。気鬱に陥っている理由も、説明してやらなかった。


　然し腹の底では、世の中で自分が最も信愛しているたった一人の人間すら、自分を理解していないのかと思うと、悲しかったのです。理解させる手段があるのに、理解させる勇気が出せないのだと思うと益《ますます》悲しかったのです。私は寂寞《せきばく》でした。何処からも切り離されて、世の中にたった一人住んでいるような気のした事も能《よ》くありました。

こんなとき、先生はKのことを思い出し、Kも自分と同じように、だれにも言えない孤独感に陥って、自殺したのではないかと思った。

もはやお嬢さんを巡っての「三角関係」は、どこかに行ってしまっている。

もともと先生、お嬢さん、Kの三者の関係は、世にいう三角関係とは異なる。お嬢さんは、先生とKのどちらとも「付き合って」いないのである。先生とKの自殺は、ふたりの内面の苦悩と無縁なお嬢さんからすれば、まったく訳のわからない事件であろう。

先生は結婚しても、孤独感から逃れられなかった。妻にさえ言えない虚無的な「影」が、心の奥に巣くっている。この苦悩がわかるのはKしかいないと思うと、Kのことが無性に懐かしかった。

先生と妻のあいだには、どうしても乗り越えられない、見えない溝が横たわっている。

妻を前にして、Kの死についての懺悔を口にしたなら、妻は嬉し涙をこぼして自分の罪を許してくれたに違いないと思っても、先生はそれができなかった。

これは妻への気遣いのように見えるが、その実、女性蔑視と紙一重と言えなくもない。先生は、妻が自分の苦悩を理解できないと考えていたのである。先生と妻とのあいだには、簡単には理解し合えない教育〔学歴〕と教養の差があった。

このことは、先生は遺書で述べていないが、夫妻の愛の岩盤に罅《ひび》を入れた、無視できぬ遠因なのである。

死ぬ前に、先生は妻に対して、衣食住の心配がないだけの手当てはしている。

さらに遺書では、「私は妻には何も知らせたくないのです。妻が己れの過去に対してもつ記憶を、なるべく純白に保存して置いて遣《や》りたいのです」と、書いている。

先生の愛が誠実なものであることは疑いない。しかし、先生の妻への思いやりや、物質上の気配りは、先生を深く愛している妻からすると、そんなことでは、とても納得がいかないであろう。

十

夏の暑い盛りに明治天皇が崩御《ほうぎょ》した。

その時私は明治の精神が天皇に始まって天皇に終ったような気がしました。最も強く明治の影響を受けた私どもが、その後《あと》に生き残っているのは、必竟《ひっきょう》時勢遅れだという感じが烈《はげ》しく私の胸を打ちました。

このような思いを妻に告げると、先生の「こころ」を知らない妻は、笑って取り合わず、なにを思ったのか、それなら殉死《じゅんし》でもしたらどうですか、と無邪気にからかった。先生は妻の冗談を聞くと、忘れかけていた殉死という言葉を思い起こした。そして、もし自分が殉死するなら、明治の精神に殉死する積りだ、と答えた。しかし、先生は、明治の精神に殉死するということの意味を、そのあとほとんど説明していない。

一か月後の御大葬の夜、乃木大将が殉死した。明治という時代の、劇的な幕引きである。それは先生に衝撃を与え、さらには自殺を決意させた。自分がぐずぐずと引き延ばしてきたことに、きっぱりとケリを付ける契機を与えられたのである。

乃木大将は、西南戦争のときに敵に連隊旗を奪《と》られて以来、死のう死のうと思って、三十五年間を過ごしてきた。今回、立派にその決着を付けたのである。

先生は、自殺を決行する鮮烈な見本を得て、やっと自分も行動に出る決心がついた。

殉死した乃木希典《まれすけ》は、権勢を誇る顕官とは違って、閑職の学習院院長に過ぎず、俗人たちから見れば、「時勢遅れ」の人物であった。先生は、同じく「時勢遅れ」の人間として、そのような栄達を望まぬ、清廉《せいれん》愚直な乃木希典に、親近感を抱いていたものと思われる。

漱石自身は、「維新の革命と同時に生れた余から見ると、明治の歴史は即ち余の歴史である」と述べ、また、自分はこのような社会の感化を受けて、このような人間にでき上がった、とも述べている。このことから見ると、漱石は、自分のことを明治社会の申し子である、と一応は認めているのである。

そして、漱石が認める明治時代の最後の「君子」こそ、乃木希典であった。

ちなみに、先生が「明治の精神に殉死する積りだ」と言ったときの明治は、乃木希典のような人物を生み出した明治のことであろう。

十一

大吐血した「修善寺の大患」以後も、不治の病《やまい》とも言うべき胃潰瘍《いかいよう》に悩まされ続けていた漱石は、心身ともに憔悴《しょうすい》しており、明治天皇の崩御には深く感ずるところがあった。自分の終焉《しゅうえん》もそう遠くはない。それを思うと、漱石は、自分と同じように亡びゆく明治という時代に、一抹《いちまつ》のいとおしさを覚える。

しかし、一方において、明治という時代は、あまりにも急速に発展したために、社会全体に「虚偽と軽薄」をもたらした。

封建道徳のタガがゆるむ一方で、真の個人主義は根付かず、エゴイズムばかりが増殖した。『それから』の代助が言っているように、明治の社会は、「近来急に膨張した生活欲の高圧力が、道義欲の崩壊を促した」状態にあったのである。「現」明治は相当に荒れている。

そうした低劣な世間に背を向けて、真の個人主義を願った人間は、その代償として孤独を味わわなければならない。「上　先生と私」において、すでに中年に至っていた先生は、「私は淋しい人間です」と、若い「私」に語っている。

先生が自分を「時勢遅れ」と言ったのは、「虚偽と軽薄」の現実社会を苦々《にがにが》しく見ていて、そんなものといっしょにしてもらいたくない、と思っていたからであろう。おそらくは自嘲的に、皮肉も込めて、そのように言ったものと思われる。

さらに「上　先生と私」においては、先生は若い「私」に向かって、叔父に欺かれたことを述べたあと、「私は個人の復讐以上の事を現に遣《や》っているんだ。私は彼等を憎むばかりじゃない。彼等が代表している人間というものを、一般に憎む事を覚えたのだ」と、告白している。

先生は、そもそもが人間社会に背を向けた、一種の「余計者」であった。東京帝大を卒業したあと、ずっと無職であり続けたのも、Kの問題以外に、人間不信の心情を抱えていたからであろう。

　このような先生においては、「虚偽と軽薄」に汚《けが》された明治の精神も、ニヒリズムに陥った自分自身も、もはやともに消え去るべき社会の遺物と意識された。いまやKと同じく、孤独の果てにある虚無感に取り憑《つ》かれている。

　明治天皇の崩御と、乃木希典の殉死が、自殺への導火線に火をつけた。

　先生は、否定すべきおのれのエゴを最終処分するために、ついに自裁《じさい》した。年若い「私」にのみ真摯《しんし》な遺書を残して、妻にはなにも告げず、ひとり冥界《めいかい》に旅立ったのである。

第八章　『道草』ナビ

一

『道草』は、一九一五年（大正四年）に『朝日新聞』に連載された。後期三部作と言われている『彼岸過迄』『行人』『こころ』に引き続いて執筆された小説である。

『道草』は、これまでの作風から一転して、自伝的要素の強い私小説的な作風になっているが、人間のエゴの実相を追究する志向は、この作品においても、しっかりと続いているのである。

洋行帰りの主人公は、社会的には立派な身分の大学講師であり、かなりの高給も得ている。この小説は、作者の分身と思われる健三の日常から描かれる。

健三が遠い所から帰って来て、駒込《こまごめ》の奥に世帯《しょたい》を持ったのは、東京を出てから何年目になるだろう。彼は故郷の土を踏む珍らしさのうちに、一種の淋《さび》し味《み》さえ感じた。

彼の身体《からだ》には、新らしく後に見捨てた遠い国の臭《におい》がまだ付着していた。彼はそれを忌《い》んだ。

一日も早くその臭を振い落さなければならないと思った。そうしてその臭のうちに潜んでいる彼の誇りと満足には、却《かえ》って気が付かなかった。

彼はこうした気分を有《も》った人に有勝《ありがち》な、落付《おちつき》のない態度で、千駄木《せんだぎ》から追分《おいわけ》へ出る通りを日に二返《へん》ずつ規則のように往来した。


漱石の経歴から見ると、遠い所というのはロンドンが考えられる。彼は二年余りのイギリス留学から帰国すると、ただちに旧制五高を辞職して、旧制一高と東京帝大英文科の講師となり、東京に居を構えた。

松山中学、旧制五高と順に勤め、イギリス留学から帰国して、東京に戻ってきたのは、合計すると八年にもなる。

この小説の主人公の健三も、ようやく新しい東京生活に馴染《なじ》もうとしている。

小雨の降るある日、健三はいつもの道を歩いていると、こちらをじっと見ている年取った男とぱたりと出会った。健三はいったんは眼をそらしたが、もう一度確かめようとそちらに眼をやると、相手はなおもこちらを見詰めている。

健三はなにも言わずに立ち去ったが、この思い掛けない出来事で、やっと得た平穏な日常にさざ波が立った。

彼はこの男と何年も会っていなかった。この男と縁を切ったのは、彼がまだ二十歳になるかならないかの昔のことである。それからもう十五、六年の月日が経っている。相手は六十五、六であろう。

いまの自分は、黒い口髭を生《は》やして山高帽を被《かぶ》った大学講師であり、坊主頭の頃とはすっかり変わっている。しかし、相手は昔とすこしも変わっていなかった。帽子なしで外出する昔ながらの癖をいまでも押し通している。

この日、健三は道で出会った男のことを忘れることができず、自分を見送っていた相手の目付きに悩まされた。

それでも、このことは妻には打ち明けなかった。細君も黙っている夫に対しては、用事のほか決して口を利かない女であった。

この小説においては、不快な存在でしかないかつての養父母と、夫婦関係が安穏《あんのん》でない自分の妻と、さらには、あまりありがたくない係累たちとの、断ちがたい付き合いが、全篇を通じて、こと細かく描き出されている。

二

一週間ほどして、健三はまた帽子なしの男を見掛けた。男はしつこく自分を凝視《ぎょうし》している。できるだけ冷淡にその傍《そば》を通り抜けた健三の胸に、「とてもこれだけでは済むまい」という不吉な予覚が起こった。

この日、家《うち》に帰ったあとも、健三はついにその男のことを細君に話さなかった。その男のことを思い返すと、不快でならない。

幸いなことに、彼はそんなことをいつまでも考えている暇はなかった。彼は家に帰って、衣服を着替えると、すぐ自分の書斎に入った。

健三は、本を読まねばならないという思いで、いつも苛々《いらいら》していた。彼を知っている多数の人は、彼を神経衰弱だと評した。

彼は親類から変人扱いにされていた。然しそれは彼に取って大した苦痛にもならなかった。

「教育が違うんだから仕方がない」

彼の腹の中には常にこういう答弁があった。

「矢っ張り手前味噌《みそ》よ」

これは何時でも細君の解釈であった。

気の毒な事に健三はこうした細君の批評を超越する事が出来なかった。そう云われる度に気不味《きまず》い顔をした。ある時は自分を理解しない細君を心《しん》から忌々《いまいま》しく思った。ある時は叱《しか》り付けた。又ある時は頭ごなしに遣《や》り込めた。すると彼の癇癪《かんしゃく》が細君の耳に空威張《からいばり》をする人の言葉のように響いた。

漱石自身の癇癪は、彼の妻である鏡子夫人の無理解、無反省、無神経によってもたらされた、と指摘する評者もいるが、そうとばかりは言えない。

極度の神経衰弱に襲われていた時期の漱石は、パラノイア〔一種の妄想狂〕的症状を示すことがしばしばあり、それは想像を絶するほどひどいものであった。『道草』の健三の精神状況にも、神経衰弱の傾向が見られる。

三

健三はまた平生《へいぜい》の我《われ》に帰った。彼の時間は静かに流れた。

しかし、その静かなうちにも始終苛々《いらいら》するものがあって、絶えず彼を苦しめた。細君のことがなにかにつけて気に入らないのである。

　遠くから彼を眺めていなければならなかった細君は、別に手の出しようもないので、澄ましていた。それが健三には妻にあるまじき冷淡としか思えなかった。細君はまた心の中《うち》で彼と同じ非難を夫の上に投げ掛けた。


夫婦が揃ってこの調子では、両者が和合するのは難しい。細君のほうは夫の性格をよく知っていて、できるだけ自分からは夫に寄り付かないようにしている。

彼女は健三をひとり書斎に遺《のこ》して置いて、子どもだけを相手にした。その子どもたちは子どもたちで、滅多《めった》に書斎へ入らなかった。たまに入ると、きっとなにか悪戯《いたずら》をして、健三にきつく叱《しか》られた。彼は子どもを叱るくせに、自分の傍《そば》へ寄り付かない彼らに対して、やはり一種の物足りない心持ちを抱いている。

ある日、吉田という男が訪ねてきて、島田のことでちょっとご主人にお会いしたい、と申し入れてきた。島田というのは、とっくの昔に離縁した養父の姓である。

しぶしぶ会ってみると、案の定、島田がこの家に出入りさせて欲しい、と願っていると言う。

健三はその要求を断り切れなかった。そして、あとでそのことを細君に話すと、あれこれと不満を並べられた。細君は、以前健三の兄に会っていて、健三の父が相当の養育費を島田に支払って離縁した、と聞かされていたらしい。

健三は、自分も島田に会うのが厭で厭で堪《たま》らないのであるが、過去の経緯《いきさつ》から簡単に断れない事情があった。それをいちいち説明する気になれず、細君がそんなことにお構いなく不平を言うのが癪《しゃく》であった。

自分の過去を切り捨てたいのに、過去のほうがかえって追っ掛けてくる。健三の胸には次々と、島田に養われていた幼児の頃の記憶が湧いて出た。

健三は、昔、その人に手を引かれて歩いた。その人は健三のために小さい洋服を拵《こしら》えてくれた。裁縫師は子どもの服はあまり作ったことがないらしく、ズボンなんかは、縦溝の通った調馬師でなければ穿《は》かないものであった。しかし、当時の彼はそれを着て、得意になって手を引かれて歩いた。

その人はまた尾の長い金魚をいくつも買ってくれた。武者絵や錦絵なども、彼が言うがままに買ってくれた。

その頃のいろいろな光景を覚えているのに、健三はその頃の自分の心が思い出せなかった。ことによると、初めからその人に対しては、恩義相応の情愛が欠けていたのかもしれない。

やがて、島田が仲介人と連れだってやってきた。健三は二十年も会わない人間と膝を突き合わせながら、大した懐かしみも感じなかった。むしろ冷淡に近い受け答えばかりしていた。

その後しばらくして、健三は姉の夫である比田に、葉書で呼び付けられた。同時に、兄も呼び付けられていた。兄はうだつの上がらない小役人で、肺結核に罹《かか》った娘のために家財などを売り払い、貧乏暮らしの日々を過ごしていた。華やかな前途は彼の前に横たわっていなかった。

用件というのは、やはり島田のことであった。ある日、突然、島田が比田のところにやってきて、自分も年を取って頼りにする者がおらず、心細いので、健三に昔の通り島田姓に復帰してもらいたい、と言ったそうである。

比田は驚いて、この突飛な要求をすぐに拒絶した。しかし、相手はなんと言っても動かない。それで、健三に伝えるだけは伝えると言って、やっとのことで帰らせた。

健三は、職務に追われるし、過去の亡霊である島田に付きまとわれるし、八方ふさがりの思いで、憂鬱な気分に陥らざるを得なかった。

四

平穏な日がまたすこし続いた。彼はその間に、ときどき自分に残っている過去の記憶を辿《たど》った。

最初の記憶は大きい四角な家であった。家の中には、幅の広い梯子段の付いた二階があった。不思議なことに、その広い家には人がだれも住んでいない。幼い健三は、たくさん並んでいる部屋や、遠くまで真っ直ぐに見える廊下を、あたかも天井の付いた町のように考えて、そこを自分ひとりで駆け回った。

漱石の実際について言うと、二歳のときに、父の知人の塩原昌之助夫婦の養子になっている。塩原昌之助はその頃、夏目家とは縁続きの遊郭〔遊女屋〕の管理に当たっていた。その遊郭が明治五年に、廃止令が出て営業ができなくなると、この大きな家にはだれもいなくなった。幼い健三が駆け回ったのは、この、がらんとした遊郭の抜殻の建物である。

幼い子どもにとっては、この広々とした建物は、無邪気に遊んでいたものの、なにかしら空虚感をもたらすものであったであろう。知らぬ間に、作者の意識下に虚無の世界が植え付けられていたものと思われる。

幼い健三は、ときどき表二階へ上がって、細い格子のあいだから下を見下ろした。あるとき薄暗い土間へ下りて、往来に出た。坂を下りて行くと窪地があり、掛茶屋の奥のほうに、濁った水の池があった。

或日《あるひ》彼は誰も宅《うち》にいない時を見計って、不細工な布袋竹《ほていちく》〔竹の一種。茎の下部は間が短い〕

の先へ一枚〔一本〕糸を着けて、餌と共に池の中に投げ込んだら、すぐ糸を引く気味の悪いものに脅《おびや》かされた。彼は水の底に引っ張り込まなければ已《や》まないその強い力が二の腕まで伝《つた》わった時、彼は恐ろしくなって、すぐ竿《さお》を放《ほう》り出した。そうして翌日《あくるひ》静かに水面に浮いている一尺余りの緋鯉《ひごい》を見出した。彼は独り怖がった。

健三は、自分を水底に引き摺《ず》り込もうとした「気味の悪いもの」が、恐ろしくて堪《たま》らなかった。この「気味の悪いもの」は、意識下にしまい込まれていて、いつ不意に現れるかわからないのである。

五

島田は吝嗇《りんしょく》な男であった。妻の御常《おつね》は島田よりなお吝嗇であった。

「爪《つめ》に火を点《とも》すってえのは、あの事だね」

健三が実家に帰ってからのち、こんな評がときどき彼の耳に入った。しかし、島田の家にいた頃、健三に対する夫婦は、金の点にかけてはむしろ不思議なくらい寛大であった。彼の望む玩具《おもちゃ》は彼の自由になった。

要するに、健三はこの吝嗇な島田夫婦に、余所《よそ》から貰い受けた一人っ子として、異例の取り扱いを受けていたのである。

しかし、夫婦の心の奥には、健三に対する一種の不安がつねに潜んでいた。彼らは相手が幼い子どもと見て取って、自分たちの欲望を存分に満たそうとした。大人のエゴイズムがむき出しに現れているのであるが、彼らは、幼い子どもがそのことを感覚的に感じ取っていることには、まだ気付いていない。


彼等が長火鉢の前で差向いに坐り合う夜寒《よさむ》の宵《よい》などには、健三によくこんな質問を掛けた。

「御前の御父《おとっ》さんは誰だい」

健三は島田の方を向いて彼を指《ゆびさ》した。

「じゃ御前の御母《おっか》さんは誰だい」

健三はまた御常の顔を見て彼女を指さした。

これで自分達の要求を一応満足させると、今度は同じような事を外の形で訊《き》いた。

「じゃ御前の本当の御父《おとっ》さんと御母《おっか》さんは」

健三は厭々《いやいや》ながら同じ答を繰り返すより外に仕方がなかった。然しそれが何故《なぜ》だか彼等を喜こばした。彼等は顔を見合わせて笑った。

たしかに彼らは健三を可愛がっていた。しかし、その愛情のうちには、変な報酬が予期されていた。金の力で美しい女を囲っている人が、その女の好きなものを、言うがままに買ってやるのと同じように、ただ健三の歓心を得るために可愛がっていたに過ぎないのである。

島田夫婦による心の束縛は不快であり、なにかしら不安でもあった。それは同時に、健三の気質も損ねていた。順良な彼の天性は次第にねじれていった。

彼のわがままは日増しに募った。自分の好きなものが手に入らないと、往来でも道端でも構わずに、すぐ坐り込んで動かなかった。心の奥に潜んでいた強情な性格が、ついに現れてきた。

これまで次々と述べられていることは、健三の自我形成の根底にある、極めて重要な幼児体験である。幼児期に形成された感性や性格は、「三つ子《みつご》の魂百まで」ということわざからわかるように、その人間の一生を支配するものである。それが『道草』においては、意識下に潜在するものまで、克明に究明されている。このことはこの作品の重要な一側面と言うべきであろう。

漱石は、おのれの内に潜む孤独、虚無、人間不信などの問題を、意識下の萌芽の段階から究明しようとして、この小説では、健三の幼児体験を詳しく分析した。

あの、がらんとした遊郭の抜殻の建物や、池の底の緋鯉や、子どもを手なずけようとする養父母等の存在は、漱石の潜在的不安と人間不信の下地を、知らぬ間に醸成《じょうせい》しているのである。

このことは、『道草』の重要な側面として留意する必要がある。漱石文学の奥底に潜んでいる、なにかしら虚無的な気配は、幼児体験と深く関係しているのである。

六

そのうち、変な現象が島田と御常とのあいだに起こった。

ある晩、健三がふと眼を覚ますと、夫婦は彼の傍らで激しく罵り合っている。突然の出来事で、彼は泣き出した。その翌晩も同じ争いがあり、彼はまた泣いた。

夫婦喧嘩は島田に女ができたことが原因であった。

間もなく、島田は健三の眼から消えて失《な》くなった。

御常との二人の生活は、僅かのあいだしか続かなかった。そして、健三はいつの間にか彼の実家に引き取られていた。

のちになって、健三は「考えると、まるで他人の身の上のようだ。自分のこととは思えない」と、思うのである。

健三の記憶にある事柄は、あまりにもいまの彼と懸隔《けんかく》していた。それは、いつも不快な気持ちで思い浮かべなければならなかった。

健三の心を不愉快な過去に捲き込む緒《いとぐち》になった島田は、それから五、六日ほどして、彼の座敷に現れた。そのとき健三の眼に映じたこの老人は、まさしく過去の幽霊であった。また現在の人間でもあった。それから、また薄暗い未来の影でもあった。

島田はとりとめないことをしゃべって、すぐには帰らなかった。健三は次第に言葉少なになった。

「どこまでこの影が己《おれ》の身体に付いて回るのだろう」と、健三の胸は不安に揺れた。

島田は三日ほどして、またやってきた。

島田がちと話したいことがあると言ったのは、細君の推察通り、やっぱり金の問題であった。隙があったら飛び込もうとしていた彼は、ついに肉薄してきたのである。

健三は気のない応対をしたあと、最後には書斎に行って、机の上から自分の紙入れを持ち出した。これだけしかないと言って、島田に中身の金を渡した。細君には金をやったことを、ひと言も言わなかった。

そのうち金の必要があって、健三は細君に金を求めた。

すると、細君は紙入れにあるでしょう、と言った。健三が中身は空っぽだと言うと、細君は紙入れを手に取って調べ、「そら、やっぱり入っているじゃありませんか」と、紙入れの中身を見せた。

彼女は島田が帰っていったあと、何枚かの紙幣《さつ》を入れてくれていたのである。これはいかにも粋《いき》な計らいと言える。細君は必ずしも無神経な人間ではない。

細君は自分のしたことをなにも説明しなかった。健三はそれを黙って受け取り、黙って消費した。

健三の気分には上がり下がりがあった。出任せにせよ、細君の心を休めるようなことを言えばいいのに、そんなことは言わない。時によると、不快そうに寝ている細君の体《てい》たらくが、癪《しゃく》に障って堪《たま》らなかった。彼は枕元に突っ立って、わざと突っ慳貪《けんどん》に要らざる用を命じた。

細君のほうも、用事を言い付けられても動かなかった。身ごもった大きな腹を畳に着けたなり、打《ぶ》つとも蹴るとも勝手にしろ、という態度を取った。普段からあまり口数を利かない彼女は、ますます沈黙を守って、それが夫の気を苛立たせるのを目の前に見ながら、知らん顔をしているのである。

「詰《つ》まりしぶといのだ」

健三の胸には、こんな言葉が細君のすべてを語る特色として、深く刻み付けられた。

ある晩、健三がふと眼をさますと、細君が大きな眼を開《あ》けて、天井を見詰めている。手には西洋製の髪剃《かみそり》があった。彼はぎょっとして、細君の手から髪剃をもぎ取った。

「馬鹿な真似をするな」

こう言うと同時に、彼は髪剃を投げ飛ばした。硝子《ガラス》障子が割れた。細君は茫然として夢でも見ている人のように、一口ものを言わない。

こういうことがあっても、ふたりはまた、いつの間にか普段通りに口を利き出した。

七

健三の細君は、比較的自由な空気を呼吸して育ってきている。彼女は、形式的な昔風の倫理観に囚われない家庭の人間であった。

単に夫という名前が付いているからというだけで、その人を尊敬しなくてはならないと強いられても、自分にはそんなことはできない。もし尊敬を受けたければ、受けられるだけの実質を有《も》った人間になって、自分の前に出て来るがよい、というのが、彼女の基本的な考え方であった。

健三は、字が書けなくっても、裁縫《しごと》ができなくっても、やっぱり姉のような亭主孝行な女のほうがおれは好きだ、と思っている。

不思議にも、学問をした健三の方はこの点に於《おい》て却《かえ》って旧式であった。自分は自分の為《ため》に生きて行《ゆ》かなければならない、という主義を実現したがりながら、夫の為にのみ存在する妻を最初から仮定して憚《はば》からなかった。

「あらゆる意味から見て、妻は夫に従属すべきものだ」

二人が衝突する大根《おおね》は此所《ここ》にあった。

この説明は、作者の痛切な自己批判とも言える。健三は、「自分は自分の為に生きるべきだ」という個人主義の考えを持ちながら、夫から独立して自己の存在を主張しようとする細君を見ると、すぐに不快を感じた。動《やや》ともすると、女の癖に、という気になった。作者はここで、封建意識の濃く残っている男の身勝手さを、正直に認めているのである。

「いくら女だって、そう踏み付にされて堪《たま》るものか」

健三は、ときとして細君の顔に出るこれだけの表情を明らかに読んだ。

彼はそれに反撥して、女だから馬鹿にするのではない、馬鹿だから馬鹿にするのだ、尊敬されたければ、尊敬されるだけの人格を拵《こしら》えるがいい、と腹の中で思った。

健三の論理はいつの間にか、細君が彼に対して持っている、尊敬されるだけの実質を持ってこい、という論理と同じものになっている。自分のことは棚に上げて、相手に要求ばかりする点に関しては、彼ら夫婦は同じ穴の狢《むじな》であった。そして、いくら疲れても、自分たちの愚かさには気が付かない。

そう言えば、以前、細君から月々の生活費が足りないと言われて、健三はよその大学で非常勤講師をして、なにがしかの金を稼いだことがあった。

給料の出た日、彼はその給料を封筒のまま畳の上に放《ほう》り出した。それを取り上げた細君は、封筒の裏を見て、その金の出所《でどころ》を知った。

八

その時細君は別に嬉《うれ》しい顔もしなかった。然し若《も》し夫が優しい言葉を添えて、それを渡して呉《く》れたなら、屹度《きっと》嬉しい顔をする事が出来たろうにと思った。健三は又若し細君が嬉しそうにそれを受け取ってくれたら、優しい言葉も掛けられたろうにと考えた。

これを見ると、夫も細君も、どっちもどっちと言わざるを得ない。お互いに自分からは相手に気遣いを見せず、その結果、お互いに不満を抱いているのである。

細君の父が突然、健三を訪ねてきた。相手はすでに昔の全盛時代〔貴族院書記官長〕の面影はなく、株などで失敗を重ねて落ちぶれている。借金の連帯保証人になって欲しいというのが、用向きである。金額は健三にとっては大きかった。

この厄介な申し入れに、健三は応対に苦しんだ。連判を拒絶するしかないのであるが、「頑固な彼の半面には、至って気の弱い煮え切らない或物がよく働きたがった」のである。友人から四百円借りて、なんとかこの場を一時的に凌《しの》いだが、問題は簡単には片づかなかった。

細君の父には、連判してくれない健三に不満があり、健三のほうにも、相手に劣らぬ不満があった。両者のあいだに溝ができた。

健三夫婦はしょっちゅう喧嘩しているが、いつもそうであった訳ではない。

幸《さいわい》にして自然は緩和剤としての歇斯的里《ヒステリー》を細君に与えた。発作は都合好く二人の関係が緊張した間際《まぎわ》に起った。健三は時々便所へ通う廊下に俯伏《うつぶせ》になって倒れている細君を抱き起して、床の上まで連れて来た。真夜中に雨戸を一枚明けた縁側の端《はじ》に蹲踞《うずくま》っている彼女を、後から両手で支えて、寝室へ戻って来た経験もあった。

健三は枕辺《まくらべ》に座って、気の毒な細君の乱れかかった髪に櫛《くし》を入れて遣《や》った。汗ばんだ額を濡《ぬ》れた手拭《てぬぐい》で拭《ふ》いて遣り、たまに気を確《たしか》にするために、顔へ霧を吹き掛けたり、口移しに水を飲ませたりしている。

細君の発作は健三に取っての大いなる不安であった。然し大抵の場合にはその不安の上に、より大いなる慈愛の雲が靉靆《たなび》いていた。彼は心配よりも可哀想《かわいそう》になった。弱い憐《あわ》れなものの前に頭を下げて、でき得る限り機嫌《きげん》を取った。細君も嬉しそうな顔をした。

ここでの「より大いなる慈愛の雲が靉靆《たなび》いていた」という叙述は、さりげなく書かれてはいるが、その実、作者の妻に対する、神妙な愛の告白なのである。

漱石夫妻はよく夫婦喧嘩をしていたが、この部分を見てわかるように、漱石は鏡子夫人をそれほど嫌っていたわけではない。癇癪がひどいとき一時的に別居はしているが、最終的には、子どもを七人ももうけている。

漱石は感情的には、鏡子夫人のことを「我《が》の女」と見なしていたが、一方では、彼女のことをそれなりに愛していたのである。

漱石は留学先のロンドンで、「吾妹子《わぎもこ》を夢みる春の夜となりぬ」という句を作り、高浜虚子に送っている。

さらに言うと、漱石は鏡子夫人と見合いをして、非常に気に入ったから、結婚したのである。朝寝坊をするなどの欠点はあったにせよ、彼女は当時としては珍しい、旧い封建意識から脱した、自立心のある肝の据わった女性であった。漱石も、彼女に「見所《みどころ》」があるのを心の奥では認めていたふしがある。

鏡子夫人の三人の妹たちも、それぞれ姉と同じように自立心があった。この美しい四人姉妹の存在は、漱石が小説のヒロインを造型するのに大いに貢献している、と漱石の孫娘は主張している。傾聴すべき貴重な発言である。

九

日取りが狂って、細君は予定日より早く産気づいた。彼女は苦しそうな声で、傍らに寝ている夫を起こした。

健三は狼狽《ろうばい》した。下女に命じて産婆を呼びにやったが、間に合わなかった。健三は蒲団の裾に回り、暗中に模作して、いままでに経験したことのない或物《ある》に触れた。その或物は動きも泣きもせず、寒天のようにぷりぷりしている。

死んでいるか生きているかさえ見分けがつかなかったが、このままでは風邪を引くと思って、脱脂綿をむやみに千切《ちぎ》って、柔らかい塊《かたまり》の上に載せた。そのうち産婆がやってきたので、彼はようやく安心して自分の部屋に引き揚げた。安産であった。夜も明け、赤子の泣く声が家の中の寒い空気を震わせた。

次々と子どもをつくっているくせに、健三夫婦は仲がよくない。しょっちゅう些細《ささい》なことで諍《いさか》いをする。夫が子どもを抱いてやらないと言って、細君は文句を言った。健三は、細君が貸本屋から借りた小説を読むのを見て、そんなものが面白いのか、とケチを付けた。

二人は二人同士で軽蔑《けいべつ》し合った。自分の父を何かにつけて標準に置きたがる細君は、動《やや》ともすると心の中で夫に反抗した。健三は又自分を認めない細君を忌々《いまいま》しく感じた。一刻《いっこく》〔まじめで頑固〕な彼は、遠慮なく彼女を眼下に見下《みくだ》す態度を公《おおや》けにして憚《はばか》らなかった。

『道草』においては、作者は思い切って、妻に対するときの、自分自身の見苦しいエゴの実態をさらけ出している。

漱石は新婚早々に、鏡子夫人に向かって、「俺は学者で勉強しなければならないのだから、おまえなんかにかまってはいられない。それは承知していてもらいたい」と、申し渡している。

これは、現代人の感覚からすると、まったくひどい「亭主関白」宣言である。相手との教育〔学歴〕と教養の差を、無神経に公言しているのである。

『道草』では、この宣言のことには触れていない。しかし、夫婦間の感情的軋轢《あつれき》については、鋭くえぐり出している。作者は相当に腹を据えて、『こころ』では触れにくかったこの問題に、メスを入れているのである。

漱石はいまや、個人主義の重要な「戦場」として、夫婦間の、育ちの差による軋轢に切り込んでいる。夫婦になってこそ、日常的にぶつかり合う奥行きの深い溝が見えてくるのである。このへんのところは、旧時のジェンダーの格好の事例、と言うことができるであろう。

十

『道草』の健三夫婦は、根本から価値観が違っていた。夫は頭から妻を見下《みくだ》している。夫は封建臭《しゅう》の残存する男性であり、かつ新進気鋭の英文学者であった。

一方、細君は学問や文学芸術の無償性の意味合いをすこしも理解しない、実利主義の女性であった。

細君は健三に向って云った。――

「貴夫《あなた》に気に入る人はどうせ何処《どこ》にもいないでしょうよ。世の中はみんな馬鹿《ばか》ばかりですから」

健三の心はこうした諷刺《ふうし》を笑って受ける程落付いていなかった。周囲の事情は、雅量に乏しい彼を益《ますます》窮屈にした。

「御前は役に立ちさえすれば、人間はそれで好いと思っているんだろう」

「だって役に立たなくっちゃ、何にもならないじゃありませんか？」

生憎細君の父は役に立つ男であった。彼女の弟もそういう方面にだけ発達する性質《たち》であった。これに反して健三は甚《はなは》だ実用に遠い生れ付であった。

ここでも、作者は自分の狭量を、思い切って正直に告白している。細君のほうも遠慮会釈なく夫の弱点を突いている。

健三は、いままで眠っていた記憶を呼び覚まし、実家に引き取られた遠い昔を鮮明に思い浮かべた。子だくさんの彼の父は、将来健三の世話になる気はすこしもないので、引き取っても邪魔物でしかないのである。

養父の島田にしても、たまに少年の健三が実家から訪ねていくと、「もうこっちへ引き取って、お前を給仕《きゅうじ》にでもなんでもさせるから、そう思うがいい」と言ったりした。健三は驚いて逃げ帰った。実父にしても、養父にしても、彼は人間でなく、むしろ物品なのである。

このとき、少年の健三は一種の虚無感を覚えたであろう。

その後、島田の別れた妻の御常が、またしても訪ねてきた。昔とまるで違う丸まっちい婆さんになっている御常は、前回の俥代《くるまだい》に味をしめていた。健三はこれからあとも、彼女が来るたびに、俥代として五円札を渡すことになると思うと、気分が晴れなかった。

十一

日ならずして、また島田がやってきた。島田は今回も居座って、あれこれと聞いてきて、健三の経済事情を知りたがった。揚げ句、年の暮れを越すために、百円とか二百円とかの金が入り用だと言った。

「私にはそんな金はありませんよ」と、健三はきっぱりと断った。

相手はあれこれと言って粘《ねば》ったが、結局、「もう二度と来ない」と、捨て台詞《すてぜりふ》を残して、怒ったまま帰っていった。

暮れも押し詰まったとき、島田の代理という男がやってきた。予期した通り、島田は一筋縄ではいかない相手であった。

使いの男は、養子縁組みを解消したとき、あなたから島田に入れた書き付けがある、それでこの際、若干の金を渡して、あの書き付けと引き換えにしたらどうか、と提案してきた。その昔、健三は要求されて、離縁になるについては、今後お互いに不義理不人情なことはしない、という意味の念書を書いていたのである。

漱石自身について言うと、二歳のときに塩原家に養子に出され、九歳のときに実家に戻されている。二十一歳になって、ようやく正式に夏目家に復籍し、夏目姓に戻った。

健三は「あんなものは反故《ほご》同然ですよ」と、相手にしなかった。しかし、なんだかんだと粘られて、結局、三百円を百円に値切って、手切れの金を渡すことにした。

島田の代理人を追い返すと、健三は寒い往来に飛び出した。


人通りの少ない町を歩いている間、彼は自分の事ばかり考えた。

「御前は畢竟《ひっきょう》何をしに世の中に生まれて来たのだ」

彼の頭の何処《どこ》かでこういう質問を彼に掛けるものがあった。彼はそれに答えたくなかった。成るべく返事を避けようとした。するとその声が猶《なお》彼を追窮し始めた。何遍でも同じ事を繰り返して已《や》めなかった。

健三はその声に追われて、逃げるように歩き続けた。詰問には答えられない。

ロンドンの留学から帰国して、東京帝大の講師になっている健三ではあるが、実姉をはじめとして、周りの係累の者たちからも、次々と経済的に煩《わずら》わされている。頼り甲斐のある金づるとなった彼は、泥沼にはまり込んだも同然であった。

健三は、自分が今まで何をしてきたのか解らなくなった。そして、いままた執拗な養父から、昔の念書をネタに要求を突き付けられ、やむなく受け入れてしまっている。

健三は、「みんな金が欲しいのだ。そうして金より外には何も欲しくないのだ」と、改めて思わずにはおれなかった。虚無感が全身に広がっていく。

十二

正月になって、健三は気持ちを切り換え、がんばって原稿を書いて金に換えた。

しかし、その金を島田に自分で渡す気にはならなかった。細君の助言もあって、姉の亭主の比田と自分の兄とに、金を渡す使いになってもらうことにした。

比田と兄が揃って健三の家を訪れたのは、この月の半ば頃である。

比田が、これでようやく片が付きましたと言って、懐《ふところ》から書き付けを二枚取り出し、健三の前に置いた。

健三はふたりにお礼を述べた。しかし、これで気分がすっきりしたわけでもなかった。あとになって、細君が「まあ好かった。あの人だけはこれで片が付いて」と言ったときも、彼は「まだなかなか片付きゃしないよ」と、言い返した。

「どうして」

「片付いたのは上部《うわべ》だけじゃないか。だから御前は形式張った女だというんだ」

細君の顔には不審と反抗の色が見えた。

「じゃどうすれば本当に片付くんです」

「世の中に片付くなんてものは殆んどありゃしない。一遍起った事は何時までも続くのさ。ただ色々な形に変るから、他《ひと》にも自分にも解らなくなるだけの事さ」

健三の口調は吐き出す様に苦々しかった。細君は黙って赤ん坊を抱き上げた。

「おお好い子だ好い子だ。御父さまの仰《おっし》ゃる事は何だかちっとも分りゃしないわね」

細君はこう云い云い、幾度《いくたび》か赤い頬《ほお》に接吻《せっぷん》した。

最後の場面に至って、健三夫婦の埋めることのできない心の溝が、具体的に示されている。夫は妻にそれなりの愛情を持ってはいるものの、言い方が頭ごなしで、妻を一人前扱いしていない。

個人主義をめざした健三ではあるが、妻に対しては、男尊女卑の封建思想からほとんど脱していないのである。妻も自立心のある女性で、夫の言い分に納得していない。

『吾輩は猫である』では迷亭が「未来記」を書いて、気楽にジェンダーの「未来」を論じていたが、それが「未来」である十年後の作品では、予想以上に身近な問題になっており、かつまた、一筋縄ではいかないものになっているのである。

『道草』は、夫婦間の軋轢の実態が実にリアルに表現されている。漱石の実生活から言うと、『吾輩は猫である』とほぼ同時期の話であるが、作品としては十年後に執筆されたものだけに、内容の深刻さには雲泥《うんでい》の差がある。

こうして見ると、漱石のめざした「真の個人主義」の形成は、心の底に潜む封建思想の残滓《ざんし》もあって、まだまだ先が長いのである。

鏡子夫人の率直な語り口の『漱石の思い出』は、漱石の常軌を逸した「神経衰弱」の病的言動を含め、事実関係が歯に衣《きぬ》着せず述べられている。人間関係の微妙な点も正直に証言されているので、読み物としてはこちらが断然面白い。

とはいえ、漱石自身の『道草』は、さすがに漱石だけのことはあって、人間の彫り込みが深く、見方《みかた》も厳しい。健三のエゴは奥の奥まで、容赦なく掘り起こされており、細君や養父母ら係累のエゴの実相も周到に描き出されている。

『道草』の作品としての充実度は、『吾輩は猫である』や鏡子夫人の『漱石の思い出』より遙かに高い。秀作と言うべきであろう。

あとがき

漱石文学とはどういうものなのか？

本書はそのことを明快に、わかりやすく、「名作」を通じて説明しようと試みたものである。これまで見てきた八篇の「名作」ナビが、相当のところまで、漱石文学の概要を示しているであろう。

漱石文学の特徴としてまず言えることは、ユーモアのある、軽妙洒脱《しゃだつ》な、ときには流麗な抜群の描写力が、随所に発揮されていることである。これが作品の各場面で光彩を放ち、漱石文学の魅力の素地となっていることは、高く評価されねばならない。

漱石は若いときから正岡子規と親交があり、俳句には相当の素養があった。写生文的な表現力は十分身に付けているのである。

とりわけ、早期の『草枕』や『虞美人草』などでは、写生文の技が冴《さ》えており、この面だけでも秀逸と言える。

それに、漱石の底知れぬ学識、知見も見事である。英語をほとんどイギリス人学者と変わらぬまで極め、ドイツ語なども習得して、横文字は日常的に読んでいる。古今東西の文化、思想に通じており、それは質、量ともにずば抜けたものであった。大吐血した「修善寺の大患」の前後でさえも、病床で読んでいたのは、洋書の、ウィリアム・ジェームス〔アメリカの哲学者〕の『多元的宇宙』である。

漱石はまさに、西洋文明に直面した明治時代が生んだ大秀才であった。

文学、哲学、美学など文系の知識に留《とど》まらず、物理学など理系の科学にも及んだ学識、知見を背景に、漱石は作品の中で、しばしば優《すぐ》れた文明批評を挟んでいる。それらは問題の本質を鋭く突いており、現代にも通用するものが多い。

そんな漱石であるのに、明治の新時代に現れた金力、権力、名誉欲に趨《はし》る俗物に対しては、大人げないほど反撥している。

尊敬される地位の東京帝大英文科講師、一高教授から、朝日新聞社への転職、文部省が受納を求めた、当時最高権威の博士号の辞退、これらが典型的なものであるが、漱石の反権力、反権威のへそ曲がりは、並みのものではない。漱石というペンネームが示す通り、漱石自身もへそ曲がりを自認していたのである。

漱石の謂《い》われについては、知っている人も多いであろうが、すこし説明しておく。

晋《しん》〔三国時代の直後〕の孫楚《そんそ》が山に隠棲しようと思い、枕石漱流《ちんせきそうりゅう》〔石ニ枕シ、流レニ口スグ〕

と言うべきところを、枕流漱石《ちんりゅう》〔流レニ枕シ、石ニ口スグ〕と言ってしまった。それを聞きとがめられると、孫楚は、流れに枕するのは、俗世《ぞくせ》の汚《けが》らわしいことを聞いた耳を洗うためであり、石に口をすすぐのは、歯を磨くためだ、と答えたという。

これは負け惜しみの強いことや、へそ曲がりの譬《たと》えとなる。それで、漱石はペンネームに採用したのであろう。

漱石は、最初の頃は社会問題に多大の関心を寄せていた。『吾輩は猫である』では、登場人物が金力や権力を鼻に掛ける連中に反撥し、近くに邸宅のある新興成金《なりきん》の金田家、とくに鼻子夫人に対しては、諷刺や揶揄《やゆ》を含め、さまざまに悪口を言っている。

ほぼ同時期に書いた『二百十日』『野分《のわき》』などでは、小説の主人公が盛んに、金権主義を非難したり、社会の不正に悲憤慷慨《ひふんこうがい》したりしている。こうした作品はかなり単純な内容で、それほど成功しているとは言えないが、漱石の気持ちが率直に出ていて、漱石文学の根底にある感情がよくわかる。

その後も、漱石は、明治の新時代に現れた、金と権力で動く劣悪な新興の権力者や俗衆に、強い不快感を示している。

彼の精神の基底には、明治の元勲たちをも眼中に入れない傲骨《ごうこつ》があった。これは、旧い社会意識を変革しようとした漱石の、相当に重要な特徴なのである。

＊

ところで、漱石は作家活動を始める以前、三十三歳のとき、文部省の命でイギリスに留学したが、その二年間は生来の生真面目さで、文学とはなんぞや、を猛烈に研究した。

そのために想像を絶する量の書を読み、ものすごく精神を消耗して、気が狂ったと思われるほどであった。

そもそも文学を理論化して論ずることは不可能に近い。文学研究の理論書で面白いものはまずない。漱石の大著『文学論』も例外ではないのである。のちに、本人自身、自らの『文学論』を「失敗の亡骸《なきがら》」と言っている。

頭のいい漱石は、この方面の研究があまり有効でも有望でもないことを、早くに気付いていたに違いない。

実のところ、東京帝大英文科と一高を辞任して、朝日新聞社に移ったのは、経済問題もあったであろうが、文学の理論的研究や、講義の準備が、気持ちの上で重荷になっていたからであろう。

そういった学者としての研究、教育〔授業〕に縛られない、自由な文章表現のできる条件を求めて、思い切って転職を敢行したものと思われる。

職業作家の道に進むと、漱石は、なおも社会問題に関心を抱きながらも、文学特有の主題に重点を置きはじめた。

明治の日本は、江戸時代の封建社会から脱皮して、新しい近代国家に生まれ変わった。しかし、それは上《うわ》っ面《つら》だけの、借り物の文明開化でしかなかった。人々は金力と権力に靡《なび》く俗物でしかないのである。

旧い社会意識の俗物ばかりの世の中では、新政府がいくら制度改革を行っても、それだけでは、本物の文明開化を成し遂げることはできない。

日本社会は近代化の波によって、物質面では飛躍的に発展したが、精神面ではまだまだ旧い意識を残したままであった。

こんな日本を変革するためには、人々が、新しい人間に生まれ変わる必要がある。封建意識の旧弊《きゅうへい》な人間から、近代的自我に目覚めた近代人に、脱皮しなければならない。

漱石がめざしたものは、その実、自立心のない俗人たちの日本社会に、個々人が自分の頭で考える個人主義〔個人の独立と自由を重んじる主義〕を確立することであった。

漱石が願う真の個人主義は、イギリス留学中、英文学研究で苦闘しているときに悟得《ごとく》した、「自己本位」の考えに根ざしている。

漱石の「自己本位」は、自分の感性から言っても、これまでの教養〔漢詩文や俳句などの素養〕から言っても、自分の文学研究の立脚点は自分にしかない、西洋人学者の学説の受け売りをしていては駄目だ、自分が主で、他は賓《ひん》〔客、主要でない〕である、という達観から生じたのであるが、「自己本位」の考えは、その後だんだんと思想的に深められ、より普遍的な「個人主義」〔生き方〕に向かっていったのである。

イギリス留学から帰国した当初、漱石は『吾輩は猫である』などを気ままに書いていたが、この主題が小説に出現したのは、『草枕』からであろう。ここで主人公の余《よ》〔わたし、画工〕は「非人情」を主張しているが、俗世間の義理人情を超越するという「非人情」は、義理人情に縛られている封建意識に、無意識のうちに背馳《はいち》している。

世俗に同調しないという点において、『草枕』の主人公は、個人主義に微妙に接近しているのである。さらにまた、自由奔放なヒロインの那美さんも、その点で刮目《かつもく》すべき役割を果たしている。

本書で取り上げた「名作」も、『草枕』以降はすべての作品において、個人主義の有《あ》り様《よう》が問われているのである。

＊

漱石は、晩年には、則天去私《そくてんきょし》〔天ニ則《のっと》リ、私ヲ去ル〕という言葉を口にした。この言葉は、真の個人主義を表象的に説明したものである。一般的には、則天の「天」は天上の天、去私の「私」は人間のエゴ〔自我〕、という風に解釈されている。

たしかに最晩年の漱石は、自然を観照《かんしょう》した漢詩を作って、しばしのあいだ、心を休めることはあった。悟りや道を口にすることもあった。

しかし、宿痾《しゅくあ》の胃潰瘍《いかいよう》に苦しめられ、厭世的な気分にも襲われていたとはいえ、漱石の精神は、悟りの境地に浸《ひた》っているほど、軟弱なものではない。

死の床にあっても、人間のエゴの実相を問題にした『明暗』のことを、ずっと考えていたのである。

その点を思慮し、また、これまで見てきた漱石の作品から推測すると、則天の「天」は、人間の心に宿った「天意」と解釈するのが、妥当であるように思われる。それは、旧道徳や金力、権力に汚《けが》されていない、純粋の、自己の欲求を指しているのである。

『それから』の代助に、三千代との愛の決着を迫ったのは、おのれの内なる「天意」であった。そしてまた、『門』の宗助と御米を不倫の恋に走らせたのも、ふたりの「天意」なのである。

『行人』の主人公の兄である一郎は、「人間の作った夫婦という関係よりも、自然が醸《かも》した恋愛のほうが神聖だ」と言い、また、「道徳に加勢するものは一時の勝利者には違いないが、永久の敗北者だ。自然に従うものは、一時の敗北者だけれども、永久の勝利者だ」と言っている。

ここで述べられている「自然」も、「天意」と同じ意味であろう。

天に則るの「則天」とは、「天意」の命ずる欲求を実現することである。どう生きるべきか？　なにをなすべきか？　このことをおのれの内なる「天意」に、耳を澄まして聞いて、正直に行動することである、
去私の「私」は、「天意」とは反対の、否定されるべき私欲〈我欲、エゴイズム〉を指す。「去私」は私欲を排除することである。

則天去私とは、心に宿った、私欲に汚されていない「天意」に従って、真の自己を実現する、あるべき姿の個人主義、と言うことができるであろう。

*

これまで見てきたように、漱石の小説は、自己の内なる欲求〈天意〉を実現しようとして、苦しみ悩む男女を描いたものが多い。漱石は、「真の個人主義」の生みの苦しみを、ぎりぎりのところまで表現したのである。

漱石文学の軸はここにある、と言っても過言ではない。

言うまでもなく、「天意」と「私欲」は、きれいに分別されて現出するものではない。純粋の自己を実現しようと努めても、人間の心には、知らぬ間に、私欲〔エゴイズム〕や、薄汚れた自意識が紛《まぎ》れ込んでくる。限りなく「天意」に近いエゴ〔自己〕もあれば、限りなく「私欲」に近いエゴもある。

エゴは、比率の違いはあるものの、「天意」と「私欲」を包含したものなのである。エゴは、私欲の部分のみを指すエゴイズムとは異なる。エゴを、否定すべきエゴイズムと一緒くたにしてはならないであろう。

漱石研究の権威と目されている江藤淳は、エゴが醜悪なものである以上は、それを超えた価値によって制御されなければならない、と論じている。その上で、漱石は「伝統的倫理」の側に立っていた、と主張しているのである。

しかし、この説には疑問が残る。

人間はだれしも、心の奥底にすこしはエゴイズムを秘めている。しかし、そのことをもってすべての人間を、否定すべきエゴイストと断定することはできないであろう。

ましてや「醜悪」なエゴを制御するのに、「伝統的倫理」を持ち出すのは、安易な解釈と言わざるを得ない。

漱石は、初期の頃は別として、なにも「伝統的倫理」の側に立っていた訳ではない。封建道徳から脱皮して、「徳義心の高い個人主義」を追求するよう求めていたのである。「徳義心の高い個人主義」という言葉は、漱石が晩年に行った講演『私の個人主義』の結論部分で述べられたものであり、漱石の考えの帰結と考えて間違いない。

一歩誤ると反動的なものと化す、伝統的倫理とか、儒教倫理とか、武士道といった言葉を使わずに、卑劣でない人格を「徳義心の高い」と言ったところに、漱石の「真の個人主義」の本領が見て取れるのである。

漱石は、個人主義が抱える孤独、虚無、人間不信といった厄介な問題を、具体的に深く掘り下げ、理想とする「則天去私」に至る道を、際どいところまで追究し続けた。漱石の求めた「真の個人主義」の確立は、一筋縄ではいかないのである。

漱石の問題意識は鋭敏であり、かつ単純ではない。漱石文学の含蓄《がんちく》ある内容は、どこまでも奥深いものである。「則天去私」にしても一つの解釈で済むものではなく、各人が、それぞれの視点で追究していくしかないであろう。

この『夏目漱石「名作」ナビ』が、読者にとって有意義なものであることを期待したい。

二〇二五年一月

片山智行

付録

『坊っちゃん』ナビ

一

『坊っちゃん』は、一九〇六年（明治三九年）に『ホトトギス』に発表された。『吾輩は猫である』の連載中、同時に執筆された中篇小説である。

この小説は一気呵成《かせい》に、たった一週間で書き上げられた快作である。他の長篇小説とはいささか違う。書き出しから、ユーモアに富んだ歯切れのよい文章で、『坊っちゃん』が漱石の全作品の中で、いちばん読みやすくて面白い作品になっている。調子よく読んでいるうちに、読者はたちまち坊っちゃんという主人公に魅せられてしまう。

まずは書き出しから読んでみよう。坊っちゃん自身が「おれ」と言って、語り手になっている。

親譲《おやゆず》りの無鉄砲《むてっぽう》で、小供《こども》の時から損ばかりしている。小学校に居る時分、学校の二階から飛び降りて一週間程腰《ほどこし》を抜《ぬ》かした事がある。なぜそんな無暗《むやみ》をしたと聞く人があるかも知れぬ。別段深い理由でもない。新築の二階から首を出していたら、同級生の一人が冗談《じょうだん》に、いくら威張《いば》っても、そこから飛び降りる事は出来まい。弱虫やーい。と囃《はや》したからである。小使に負ぶさって帰って来た時、おやじが大きな眼をして、二階位から飛び降りて腰を抜かす奴があるかと云ったから、この次は抜かさずに飛んで見せますと答えた。

書き出しから快調に、坊っちゃんの特色のある人物像が活写されている。「おれ」は、あとさきを考えずに行動に移してしまう無鉄砲な子どもなのである。それが一つのエピソードを通してうまく示されている。

物語を述べる際には、主人公の形象が重要である。その点、坊っちゃんは、最初にしっかりとキャラが立っているのである。

どうやら坊っちゃんは、両親と兄の四人家族で、次男坊であったらしい。母は兄ばかり贔屓《ひいき》にしていた。母に愛されなかった「おれ」は、結局、自分の意地っ張りで、母の死に目にも会っていない。

兄と将棋をしているとき、兄は卑怯な待駒《まちごま》をして、人が困るのを嬉しそうに冷やかした。それで、「おれ」は手にした飛車を、相手の眉間《みけん》に叩き付けてやった。眉間が割れて血が出た。おやじが怒って、「おれ」を勘当《かんどう》すると言い出した。

このとき、十年来召《め》し使っていた清《きよ》という下女が、泣きながら謝って、なんとかおやじの怒りが解けた。

坊っちゃんにはただひとり、味方になってくれる者がいたのである。この婆さんはどういう因縁か、「おれ」を非常に可愛がってくれた。

清はいつも、あなたは欲が少なくて心が綺麗だ、と褒めてくれた。

母が死んでから六年目の正月に、おやじが卒中で亡《な》くなった。兄は家屋敷、家財道具を売り払って九州に行くことにした。「おれ」には六百円、清には五十円をくれた。これで、坊っちゃんはほぼ天涯孤独《てんがいこどく》の身になった訳である。

「おれ」は物理学校〔東京理科大学の前身〕を卒業したあと、四国の中学校に数学の教師として赴任することになった。

二

松山の中学校では、校長に導かれて教員室に入っていった。「おれ」は渡されていた辞令を持って、一人一人に挨拶して回った。

今日はまだ授業がなく、「おれ」は宿の山城屋に戻った。

昼飯を食ってから、さっそく清へ手紙を書いてやった。おれは手紙を書くのが大嫌いだ。しかし、清が心配してると思って、奮発して長いのを書いてやった。

「きのう着いた。つまらん所だ。十五畳の座敷に寝ている。宿屋へ茶代を五円やった。かみさんが頭を板の間にすりつけた。夕べは寝られなかった。清が笹飴を笹ごと食う夢を見た。来年の夏は帰る。今日学校へ行ってみんなにあだなをつけてやった。校長は狸、教頭は赤シャツ、英語の教師はうらなり、数学は山嵐〈はりねずみに似た、トゲ状の毛のある動物。毬栗頭《いがぐりあたま》のこと〉、画学はのだいこ〈田舎者《いなかもん》のたいこもち〉。今に色々な事をかいてやる。さようなら」

いかにも坊っちゃんらしい、愛想《あいそ》のない簡単な手紙である。たったこれだけの短い文面で、坊っちゃんの人柄がよくわかる。それに、清との遠慮のない、睦《むつ》まじい間柄が、よく見て取れるのである。

いよいよ授業が始まった。「おれ」は白墨を持って教員室を出た。なんだか敵地に乗り込むような気がする。

授業は無事済んだが、帰りがけに生徒のひとりが、ちょっとこの問題を解釈しておくれんかな、もし、とできそうもない幾何《きか》の問題を持って逼《せま》ったのには、冷や汗を流した。

べらぼうめ、そんなものができるくらいなら、四十円でこんな田舎に来るもんか。

学校には宿直というのがある。この宿直がいよいよ「おれ」の番に回ってきた。日が暮れて、床《とこ》に入ろうと思って、寝巻きに着替えた。

蚊帳《かや》を捲《ま》くって、とんと尻もちを突いて、仰向けになった。ああ愉快だと足をうんと延ばすと、なにか両足に飛び付いた。ざらざらして蚤《のみ》のようでもないから、足を二、三度振ってみた。

蒲団の中からバッタがぞろぞろ出てきた。「おれ」はびっくりして、寄宿生を呼び出した。寝巻きのまま腕まくりして、談判を始めたが、なかなか埒《らち》があかない。

再び床に入り、清のことを考えながら、のつそつ〔身体を前後に動かすさま〕していると、突然、「おれ」の頭の上で、二階が落っこちるほど、どん、どん、どんと拍子を取って床板《ゆかいた》を踏みならす音がした。すると、足音に比例した大きな鬨《とき》の声が起こった。

「おれ」はかんかんになって、見つけた奴を宿直室に引き摺《ず》り込み、詰問《きつもん》した。相手はただ、知らんがな、と言うのみである。ほかの寄宿生も大勢集まってきた。「おれ」が猛烈に腹を立てているのは、嫌がらせを受けただけでなく、生徒がやっていないとシラを切ったことが大きい。嘘を吐《つ》いているのが許せない。

後日、「おれ」に対して無礼ないたずらを働いた寄宿生の処分が、教員会議の議題に上がった。

教頭の赤シャツが生徒の人気を取ることを狙って、寛大な処置を願いたい、とあれこれ弁じ立てた。

「おれ」は非常に腹が立った。知らぬ間に起ち上がって、「私は徹頭徹尾反対です……」と言ったが、あとが続かない。情けないことに、「おれ」は行動は早いが、弁は立たない。

そのうち、穏便な処置がいいという意見が増えてきた。赤シャツになびく奴ばかりだ。

すると、山嵐が憤然として起ち上がり、「私は教頭およびその他の諸君のご意見には、全然不同意であります」と、ガラス窓を振るわすような大声で言い出した。

「おれ」は非常に嬉しかった。「おれ」の言いたかったことを全部言ってくれた。大いにありがたいという顔で山嵐のほうを見たら、山嵐は知らん顔をしている。妙な奴だ。

三

下宿のお婆さんの話によると、マドンナは画学の先生が付けた名前で、このあたりで一番の別嬪《べっぴん》さんだそうだ。驚いたことに、このマドンナが、うらなり君の所にお嫁に行く約束になっていたらしい。

ところが、赤シャツがマドンナを見そめて、横取りしようとしていると言う。

「いったん古賀さん〔うらなり〕へ嫁に行くてて承知をしときながら、いまさら学士さんがお出でたけれ、その方に替えよてて、それじゃ今日様《こんにちさま》へ済むまいがな、もし、あなた」と、お婆さんは続けた。怪《け》しからん話だ。

それからあともひどい。赤シャツはうまく事を運んで、体《てい》よくうらなり君を、九州延岡の中学に転勤させる手を打った。校長の狸も、片棒を担いでいる。

祝勝会〔日露戦争の戦勝を祝う会〕で、学校はお休みだ。練兵場〔松山連隊の兵士の訓練場〕に、山嵐が誘ってきたので、「おれ」もいっしょに行くことにした。

会場の東の隅に、一夜作りの舞台が設けてあって、ここで高知のなんとか踊りをするんだそうだ。大変な人出だ。田舎にもこんなに人間が住んでいるのかと驚いたくらい、うじゃうじゃしている。

「おれ」と山嵐がこの踊りを余念なく見物していると、喧嘩だ、喧嘩だという声がして、見物人が騒ぎ出した。このとき、中学校と師範学校の生徒の喧嘩だ、と赤シャツの弟が呼びに来た。「おれ」と山嵐は駈けつけて、喧嘩の真ん中に分けて入った。騒ぎは容易に収まらず、興奮した双方の生徒からもみくちゃにされて、「おれ」は顔に怪我をした。山嵐は鼻柱を殴られて鼻血を出している。現場に取り残された「おれ」と山嵐は、警察署に連れていかれて、事情聴取された。

翌朝、新聞をよく読むと、とんでもない内容であった。中学の教師堀田某《ぼう》〔山嵐〕と、近頃東京から赴任した生意気な某が、生徒を使嗾《しそう》してこの騒動を起こした、と書いている。その上、吾人《ごじん》が手を下す前に、当局者は相当の処分をこの無頼漢に加えるべきである、と主張しているのだ。

「おれ」が学校に行くと、山嵐も出校してきた。彼の鼻に至っては、紫色に膨張して、掘ったら中から膿《うみ》が出そうに見える。「おれ」より余っ程手ひどくやられている。

その後、山嵐は、校長の狸に辞表を出せと言われたと言う。クビである。すべて赤シャツの策略である。山嵐は辞表を出したあと、腹の虫が収まらないので、赤シャツを制裁する方策を考えた。「おれ」もそれに賛成した。

四

山嵐と「おれ」は、芸者と温泉宿に行った赤シャツと、腰巾着の野だ〔のだいこ〕を待ち伏せすることにした。早朝まで待って、ふたりを町はずれで挟み撃ちした。

野だが隙を見て逃げ出そうとしたので、「おれ」は前に立ち塞がった。それから、袂《たもと》に入れていた生玉子を取り出し、「やっ」と言って、野だの顔に次々とたたき付けた。野だは顔中黄だらけになった。

山嵐は赤シャツと言い合っていたが、やがて「だまれ」と言って、拳骨を喰らわした。赤シャツはよろよろしながら、「これは乱暴だ。狼藉《ろうぜき》である。理非を論じないで腕力に訴えるのは無法だ」と、言った。

「無法でたくさんだ」と、山嵐はまたぽかりと殴る。「貴様のような奸物《かんぶつ》は殴らなくちゃ、応えないんだ」と、ぽかぽか殴る。「おれ」も負けずに野だを散々殴ってやった。

「貴様らは奸物だから、こうやって天誅《てんちゅう》を加えるんだ。いくら言葉巧みに弁解が立っても、正義は許さんぞ」と、山嵐が言った。両人とも口が利けない。

山嵐と坊っちゃんの行為は、もう無茶苦茶である。奸物だの、天誅だの、言葉遣いからして、旧時代のものであり、胸のすく痛快な見せ場ではあるが、現代では通用しない。

その夜、「おれ」と山嵐はこの不浄《ふじょう》の地を離れた。船が岸を去れば去るほど、いい心持ちがした。

東京に帰ったあと、「おれ」はある人の周旋《しゅうせん》で、街鉄《がいてつ》〔東京市街鉄道。都電の前身〕の技手〔整備工〕になった。月給は二十五円で、家賃は六円だ。引き取った清《きよ》は、玄関《げんかん》付きの家でなくっても至極満足の様子であったが、気の毒な事に今年の二月肺炎《はいえん》に罹《かか》って死んでしまった。

死ぬ前日「おれ」を呼んで、坊っちゃん後生だから清が死んだら、坊っちゃんの御寺へ埋《う》めて下さい。御墓のなかで坊っちゃんの来るのを楽しみに待っておりますと云った。だから清の墓は小日向《こひなた》の養源寺《ようげんじ》にある。

これで『坊っちゃん』の、痛快な物語は終わる。「おれ」は傍《はた》の者からすると、難儀な坊っちゃんであるが、話が終わってみると、なにやら一抹《いちまつ》の哀愁が漂《ただよ》う。坊っちゃんが両親に甘やかされた金持ちの息子であったならば、この小説は興醒《きょうざ》めであろう。

江戸っ子の坊っちゃんは、山嵐が会津《あいづ》〔江戸幕府を最後まで支えた会津藩〕出身と聞いて、道理で互いに強情っ張りだ、と意気投合している。それだけに、彼らふたりには、正直、勇敢、正義感といった品性があった。

しかし、坊っちゃんと山嵐は、教頭の赤シャツと野だを鉄拳制裁したものの、結果的には放逐《ほうちく》されたも同然である。

この時期の漱石は、金や権力でがめつく動く世の中を非常に嫌っていた。むしろ封建道徳と隣り合わせの、武士道的な倫理のほうが好ましいのである。

単純な正義感や、暴力沙汰には問題が残るが、『坊っちゃん』は、陰険な教頭の赤シャツや野だにひと泡吹かせた、胸のすく痛快小説と言うことができるであろう。なんと言っても、快調で景気のいい文体が魅力的なのである。

本書は『新潮文庫』を底本としているが、句読点、傍点、振り仮名等は、読みやすいようにいくらか変更している。なお、括弧〔　〕は筆者による注である。

◉ 著者プロフィール
片山智行（かたやま ともゆき）

東京大学文学部中国文学科卒業。

大阪市立大学大学院文学研究科中国文学専攻修了。博士（文学）。

大阪市立大学講師、助教授、教授、文学部長。のち関西外国語大学教授、国際言語学部長。

北京語言大学客員教授。吉林大学客員教授。

現在、大阪市立大学名誉教授。関西外国語大学名誉教授。

主要著書『魯迅のリアリズム』（三一書房）、『魯迅「野草」全釈』（東洋文庫・平凡社）、『魯迅』（中公新書）、『孔子と魯迅』（筑摩選書）ほか。


夏目漱石「名作」ナビ——『吾輩は猫である』『草枕』『三四郎』『こころ』他

2025年2月10日　　第1版 第1刷発行
著　者—— 片山 智行 © 2025年
発行者—— 小番 伊佐夫
装丁組版— Salt Peanuts
印刷製本— 株式会社ディグ
発行所—— 株式会社 三一書房
〒101-0051
東京都千代田区神田神保町3－1－6
☎ 03-6268-9714
振替 00190-3-708251
Mail: info@31shobo.com
URL: https://31shobo.com/

ISBN978-4-380-25000-2　C0095　　Printed in Japan